불영야차

천룡사 新무협 판타지 소설

FANTASTIC ORIENTAL HEROES

불영야차 5

천품사 新무협 판타지 소설

초판 1쇄 찍은 날 § 2018년 11월 16일
초판 1쇄 펴낸 날 § 2018년 11월 23일

지은이 § 천품사
펴낸이 § 서경석

총괄팀장 § 최하나
편집책임 § 이선근
편집 § 최광훈

펴낸곳 § 도서출판 청어람
등록번호 § 제387-1999-000006호
등록일자 § 1999. 5. 31
어람번호 § 제2-2760호

주소 § 경기도 부천시 부일로 483번길 40 서경B/D 3F (우) 14640
전화 § 032-656-4452 팩스 § 032-656-4453
http://www.chungeoram.com
E-mail § chungeorambook@daum.net

ISBN 979-11-04-91875-9 04810
ISBN 979-11-04-91812-4 (세트)

불영야차

천품사 新무협 판타지 소설

5

FANTASTIC ORIENTAL HEROES

청어람
도서출판

佛影夜叉

불영야차

제이십일장(第二十一章) 복수(復讎)　7

제이십이장(第二十二章) 격살(擊殺)　59

제이십삼장(第二十三章) 귀로(歸路)　109

제이십사장(第二十四章) 정련(精鍊)　157

제이십오장(第二十五章) 인정(認定)　207

제이십육장(第二十六章) 세가(世家)　255

제이십일장(第二十一章)

복수(復讎)

　법륜은 자신이 말한 바를 반드시 지키겠다는 일념으로 당천호에게 손을 뻗었다.

　'이번 일수에 눈을 빼앗는다.'

　법륜의 손이 벌어졌다.

　손가락 끝에 짙은 금기가 일렁거렸다. 십지관천의 지력(指力)이 소리도 없이 뭉치기 시작했다. 이제 조금 있으면 사숙의 목숨을 빼앗은 자의 눈을 앗을 수 있다. 이것은 서막이다. 더 잔인하고 참혹하게 당천호를 다룰 것이다. 그만큼 법륜의 분노가 깊고도 깊었다.

"그만 그 손을 멈추는 것이 좋을 것이다!"

법륜의 손이 멈칫했다.

언제 이만큼이나 다가왔는지 폐허가 된 건물 더미 위에 검은색 장포를 걸친 노인이 매서운 눈빛으로 법륜에게 경고했다.

"어서 그 손을 떼지 못할까!"

법륜이 노인의 고성을 무시한 채 움직이자 날카로운 기파가 법륜의 전신을 때리고 지나갔다. 법륜은 살을 에는 듯한 한기에 손을 거뒀다.

"노인장은 뉘시오?"

정체를 묻는 것이 아니다.

노인이 당가의 인물일 것이라는 것은 어린아이라도 안다. 손을 덮고 있는 녹피 수투, 그 손에 들린 암기까지. 자신이 당가의 인물이라고 저렇게 피력하고 있는데 그 사실을 모른다면 천치다.

법륜이 궁금한 것, 그것은 단지 저 노인이 가진 신상 내력일 따름이다. 노인에게서 느껴지는 기세가 방금 전 상대한 당천호와 비교해도 전혀 꿀리지 않았기 때문이다.

"노부(老父)는 당명금이라고 하지."

"당명금? 들어본 적 없소. 이 일은 나와 이자의 문제이니 노인장은 빠지시오."

법륜이 일갈하자 당명금은 어처구니없다는 눈으로 그를 바라봤다. 당금의 강호에서 자신의 이름 석 자를 모르는 자가 있을까. 그의 이름을 아는 자라면 결코 저런 모습을 보일 수 없다.

'아니면 다 알면서도 저러는가.'

당명금은 절대 물러서지 않겠다는 법륜의 기세에 저도 모르게 인상을 썼다. 당천호와 어린 승려의 문제라. 아니다. 이미 이것은 당가의 문제가 되었다. 가주 당자홍이 죽고 당가 후기지수 중 최고라는 독룡 당천후가 죽었다. 당가의 피를 이었다면 절대 간과할 수 없는 문제였다.

"아이야, 이것은 이미 당가의 문제가 되었다. 그놈은 당가의 반도(叛徒)나 다름없으니 순순히 넘기거라."

"반도? 당가가 황실도 아님에야 그런 것은 내 알 바 아니오. 나는 이자와 돌이킬 수 없는 원한을 맺었소. 그 원한은 어떤 것으로도 상쇄할 수 없음이니 노인장이나 물러나시오. 그렇지 않는다면……"

법륜이 의지를 드러냈다.

이미 천하에 이르는 기상과 패기를 몸에 지닌 법륜이다. 그의 한마디가 천금(千金)과도 같다. 내뱉은 말을 다시 주워 담을 수 없듯이 그의 선언도 마찬가지이다.

눈과 혀를 뽑고 사지를 자른다고 했다.

그가 내뱉은 이상 반드시 행해야 하는 지상 과제이다. 그러니 당명금이 누구인지 중요하지 않았다.

"당신도 죽일 거요. 어차피 당가와 하늘 아래 양립할 수 없게 된 이상 그것도 나쁘지 않겠지."

법륜이 진실된 기파를 드러내자 당명금은 신음을 흘렸다. 참으로 고약한 일이다. 당천호는 가문의 반역도이니 처단해야 옳지만 벌써 한 달 새 아들과 손자를 잃은 당명금이다. 거기에 하나의 생명을 더해야 한다.

'모두 내 업보로구나.'

당천호는 죽는다. 그것은 기정사실이다.. 하나 외인의 손을 빌릴 생각은 없다. 자신의 손으로 이루어야 한다. 그래야 가문의 법도가 살고 다시는 이런 비극이 발생하지 않는다.

일벌백계(一罰百戒).

단호한 결단 없이는 모든 것이 모래성처럼 무너지고 만다.

"그럴 수는 없다. 그대가 말했지. 당가와 이 하늘 아래 양립할 수 없다고. 그것은 당가도 마찬가지야. 당가의 원한은 깊고도 깊다. 너는 저 아이를 죽이지 않더라도 대(大)당가의 손에 고혼(孤魂)이 될 것이다. 그러니 굳이 피를 보아야겠다면 지금 여기서 끝장을 내주마."

"바라던 바. 긴말할 것 없다. 오라."

법륜은 당천호에게서 돌아섰다.

당천호는 지금 하루살이다. 언제든 발로 짓밟아 목숨을 취할 수 있는 개미와도 같다. 하나 그가 당명금과의 일전을 틈타 도주할 수도 있는 노릇. 법륜은 장산을 향해 전음을 보냈다.

[장산, 당천호가 도주할 수 없게 자리를 지켜라.]

장산은 여립산의 시신 앞에서 고개를 끄덕였다.

당천호와의 거리는 고작 이십여 보. 절정의 무공을 지닌 그가 마음만 먹으면 한달음에 달려들 수 있는 거리다. 장산이 당천호를 주시하자 법륜은 망설임 없이 당명금을 향해 움직였다.

법륜의 심상이 고요히 가라앉았다.

지금은 확실히 여력이 있다. 당천호를 몰아붙임에도 별다른 고생을 하지 않은 것처럼 당명금을 상대하는 것에도 충분한 자신감이 있었다.

문제는 따로 있었다.

이곳이 당가의 앞마당이라는 것. 당가에 적을 둔 무인이 얼마나 될지는 모르지만 한 가문을, 그것도 정도팔대세가에 이름을 올린 거대 세가를 단신으로 상대한다는 것은 크나큰 모험이다. 그러니 초장부터 온 힘을 다해야 한다. 압도적인 힘으로 빠르게 짓밟아 대항할 생각조차 할 수 없게 해야 한다.

법륜은 일보를 내디뎠다.

일보에 태산 같은 기세를.

이보에 그 태산마저 허무는 패력(敗力)을.

'간다.'

야차능공제가 변하기 시작했다.

보법(步法)이란 그저 몸을 움직이는 동작이 아니다. 이제는 안다. 내딛는 보보마다 상대를 찍어 누르는 군림(君臨)의 신기(神氣)를 발할 수 있음을. 싸움을 시작하기도 전에 상대로 하여금 전의(戰意)를 단번에 꺾을 수 있음을.

법륜이 걸음을 옮기기 시작하자 당명금은 눈에 띄게 당황한 표정을 지었다. 기세가 변했다. 처음부터 쉬울 거라는 생각 따위는 갖지 않았지만 이 기세, 기도는 상정(想定) 외다. 하나 그 역시 강호에서 잔뼈가 굵을 대로 굵어진 인물. 보법의 기세 하나에 무릎을 꿇기엔 그가 강호에서 보내온 시간이 너무 격렬했다.

당명금은 당천호를 주시하면서 법륜의 일보를 끊어내기 시작했다. 기세로 상대방을 내리누르는 것은 저 창궁검가(蒼穹劍家), 무적의 검공이라 불리는 제왕검형(帝王劍形)도 마찬가지이지 않은가. 몇 번이고 보아온 모습이기에 당명금은 결코 당황하지 않았다.

'이 정도로 나를 꺾을 수 있을 것 같으냐!'

그는 당가 무공의 총화라 불리는 남자다.

누구나 인정하는 현존하는 당가 제일 고수이다. 그가 무너지면 당가가 무너지는 것이나 진배없다. 어떻게든 이겨내야 당가를 살릴 수 있다.

그러면서 당명금은 스스로가 이미 패배를 염두에 두고 있다는 것을 깨달았다. 자신이 살아야 당가가 산다는 생각 자체가 이미 패배할 것을 기정사실화하는 것이나 다름없었다. 벌써 마음에서부터 지고 들어가는 것이다.

'그렇게는 안 돼.'

당명금이 눈을 번뜩였다.

주먹을 꽉 쥐자 주름진 손가락에 녹피 수투가 착 달라붙었다. 강호에서 보낸 시간이 몇 년이던가. 그의 강호는 이렇게 마음 놓고 모든 것을 운명에 맡기기엔 너무 격렬했다. 당명금의 손이 빛살처럼 움직이며 법륜의 목을 노리고 날아갔다.

언제 꺼내 들었는지 손끝에 얇은 비수 수십 자루를 쥔 채 쉴 틈 없이 던진다. 비수를 던져내는 방향이 법륜이 발을 내디디는 방위를 정확하게 짚어냈다. 손바닥보다도 작은 비수로 법륜이 펼치는 군림의 위용을 끊어낸 것이다.

'과연 허투루 볼 수 없다.'

법륜은 정확하게 자신의 발 앞에 내리꽂히는 비수를 보며 침음을 삼켰다. 비수 자체도 강력한 진기를 품고 있었지만 그 자체가 위협이 되었다기보다 자신이 내디딜 방위를 정확하게 짐작하고 내치는 당명금의 심기가 더 큰 벽으로 다가왔다.

당명금은 알고 있는 것이다.

이제 막 기지개를 켜며 움트는 야차능공제의 신기를 당장 끊어내지 못하면 필패한다는 사실을. 그렇기에 상당한 양의 내력 소모를 감수하더라도 그의 움직임을 멈추게 하려 한다는 것도 알았다. 하지만 법륜은 당명금의 수작에 놀아줄 생각이 없었다.

법륜의 몸이 바람처럼 움직였다.

당명금이 진로를 방해할 틈을 주지 않겠다는 의지가 깃들었다. 군림의 위용 대신 신속(迅速)의 움직임이다. 법륜의 손이 칼날처럼 뻗어나갔다.

초식이 아니다. 본능에 맡긴 움직임이었다. 금강령주가 바탕이 된다면 그 어떤 공격을 해도 통할 것이라는 강력한 믿음이 바탕이 되었다.

법륜은 초식을 잊었다. 그저 마음이 가는 대로 휘두르고 내질렀다. 마음속에 이는 격동이 차가운 이성을 마비시켜 상황에 맞는 수를 내지르기보다 본능적인 움직임만으로 당명금을 압도하기 시작한 것이다.

'이놈……!'

당명금은 법륜의 손과 발이 격식 없이 무작위로 뻗어오자 노화가 치밀었다. 초식과 정련된 투로를 구사한다고 해서 반드시 뛰어난 위력을 발하는 것은 아니나 당명금 정도의 고수를 상대하면서 보이기에는 광오한 모습이다.

하지만 법륜은 결코 그렇게 생각하지 않았다.

그가 겪어온 강자들 중 천하에 이르는 무위를 가진 자들은 모두 자신만의 무공을 구사했다. 세상에서 단 하나뿐인 유일한 초식을 사용한다는 의미가 아니다. 같은 무공이라도 지내온 환경에 따라서, 깨달은 것에서 차이가 나게 마련이다.

'같은 선상에 서려면, 아니, 그 이상이 되려면 이걸로는 안 돼.'

법륜은 최대한 의식을 배제하려고 노력했다. 그저 몸을 진기의 흐름에 맡겼다. 그러자 새로운 세계가 열리기 시작했다. 법륜의 손날이 바람을 가르며 날아드는 암기들을 쳐내갔다. 완벽에 이른 강유(剛柔)의 조화. 끝자락에 도달한 공수입백인이다. 지금이라면 모든 것이 가능할 것 같았다. 마신의 절금장도, 언젠가 본 청인의 멸옥장도, 태허 진인의 어검술도 모두 막아낼 수 있을 것 같았다.

'된다.'

법륜은 무한한 세계에 빠져들었다.

스스로 말하지 않았던가. 내력이란 상상한 모든 것을 가능에 이르게 하는, 인간에게 허락된 이능이라고. 그 가능성의 세계를 마음껏 펼치는 지금 법륜에게 허락되지 못한 것은 없었다. 법륜의 칼날이 당명금의 목숨을 노리고 질주했다.

일격에 막강한 공능이 실렸다. 단걸음에 접근을 허용치 않으려 암기를 날려대는 당명금에게 접근했다.

쩌엉!

법륜의 손아귀에 금빛 서기가 일렁이며 당명금이 뻗어오는 좌장을 밀어냈다.

"크윽!"

당명금이 거친 노성을 내뱉으며 뒤로 물러섰다. 정녕 기이한 일이다. 당명금은 침음을 흘리며 뒤로 물러서면서도 그 생각을 떨칠 수가 없었다. 어찌 저 나이에 이 정도의 무력을 손에 넣었단 말인가.

'천호 그 아이와 같다.'

당명금은 깨달았다.

법륜은 당천호와 같았다. 하늘이 내린 천고의 재능. 자신과 같은 범부가 그 오랜 세월에 대한 대가로 얻어낸 것이 고작 지금의 무력이라면 법륜, 당천호와 같이 하늘이 내린 천재는 수십 년의 세월을 뛰어넘어 범재가 겪어온 인고의 세월을 무색하게 만든다.

'그렇군. 그런 것이었어. 내가 생각지도 못한 것. 그렇다면……'

살려야 한다.

가문에 반기를 든 당천호가 괘씸하긴 하지만 저 아이는 이미 자신을 넘어선 듯 보였다. 그런 것은 흔적만 봐도 알 수 있다. 엄청난 독기가 휩쓸고 간 장내, 그리고 몸을 저릿저릿하게 만든 뇌기가 휩쓸며 지나간 사위가 말해줬다.

손주이자 소가주로 임명된 당천기는 범재이다. 당가의 대는 어떻게든 이어지겠지만 당천기의 재능으로는 가문이 이전과 같은 성세를 더는 이어갈 수 없으리라. 그것만큼은 확실했다. 당명금은 지금까지 남겨놓은 여력을 모조리 꺼내 들었다.

"네놈을 죽이겠다. 내 모든 것을 걸고서라도. 그리고 저 아이를 살린다."

당명금은 노구에 이르러서야 자신의 천명을 깨달았다.

살려야 하는 것은 가문의 위신이나 실리가 아니었다. 사람이었다. 가문의 피를 이은 아이들이었다. 그중에서도 독보적인 아이를 살린다면 그것으로 되었다. 가문의 명예는 그 아이가 지켜 나가면 된다.

당명금의 기세가 서릿발처럼 매서웠다.

삶에 대한 모든 미련을 떨쳐낸 듯 지근거리에서 내치는 장력이 흉험하기 그지없었다. 잠시나마 무한에 가까운 금강령주가 뿜어내는 야차진기가 흔들렸다. 무한의 세계에서 유영하던 법륜의 정신이 순식간에 지상으로 내려왔다.

'무슨……'

법륜의 미간이 잔뜩 찌푸려졌다.

창공을 유영하던 독수리가 잠시 날개를 잃어버린 것처럼 진기의 수발이 순간 끊겼다가 이어졌다. 당명금의 기세가 그토록 매서웠던 탓이다.

하지만 개의치 않는다.

"나를 죽이고 저놈을 살리겠다? 가능하리라 생각하는가?"

법륜은 다시 한번 기세를 드높였다.

당명금의 의지가 느껴졌다. 그 의지를 이 자리에서 꺾어야 했다. 자신을 죽이고 당천호를 살린다? 법륜의 입장에서야 어림없는 소리이지만 당명금에겐 아니다. 게다가 이곳은 당가의 앞마당이나 다름없는 곳. 언제 당가의 무인들이 들이닥칠지 알 수 없었다.

'최대한 빨리 끝내고 자리를 피해야 한다.'

그래야만 했다. 그렇게 하지 않으면 너무 많은 피가 흐른다. 당가의 태상가주라는 당명금조차 법륜에게 밀리는 상황이다. 당가에 얼마나 많은 괴물들이 숨어 있는지 모르겠으나 당명금이나 당천호만큼은 아닐 것이 자명했다. 그런 상황에서 당가의 무사들과 부딪친다? 그것은 법륜의 살업에 한층 더 무게를 실어주는 일밖에 되질 않는다.

"가오."

법륜이 금강령주를 진동시켰다. 금강령주가 막대한 양의 진기를 풀어내자마자 법륜의 신형이 포탄처럼 쏘아갔다. 목표는 당명금의 심장. 단번에 끝내겠다는 의지의 발현이다. 법륜이 살기(殺氣)를 끌어내자 당명금의 얼굴이 굳었다.

내심 좋은 승부를 기대해서였을까.

목숨을 걸고 벌이는 한판의 도박에서 할 만한 생각은 아니었지만 당명금은 분명 그렇게 생각했다. 하늘이 인간에게 무공이란 이능을 선사한 이래 당명금은, 아니, 그 위 선대들은 더 높은 경지를 위해 노력해 왔다. 그리고 인간이 다다를 수 있다는 최고에 가까운 경지에 오른 지금 당명금은 호쾌하게 그 무공을 풀어내며 법륜과 이야기를 나누어보고 싶었다.

하나 그것은 당명금만의 착각이었을까.

법륜의 살기등등한 수법은 당명금의 심중에 커다란 파문을 일으켰다.

'배가 불렀구나. 목숨을 건 싸움판에서 사치를 부리다니.'

당명금은 격동하는 마음을 가라앉혔다.

강호의 삶이 약육강식과 적자생존으로 표현되는 지금, 무인 대 무인으로 호쾌한 싸움을 벌여보기엔 서로에게 걸린 것이 너무 많았다. 당명금은 오랜 세월을 자신과 함께해 온 육합귀원공을 끌어냈다.

"빨리 끝내고 싶은 모양이지."

당명금이 중얼거리며 품속에서 끝이 뾰족한 쇠꼬챙이 하나를 꺼내 들었다. 암기를 다루는 자는 근접전에도 능해야 한다. 당명금이 바라보는 강호에서 암기술 따위는 씹어 먹고 접근해 올 무인이 많았다. 그것이 당가가 자랑하는 개세의 암기술이어도.

당명금이 몸을 던졌다.

정확히 심장을 노리고 날아드는 손을 향해서이다. 당명금이 손에 꽉 쥔 꼬챙이가 법륜의 손바닥을 노리고 찔러갔다. 법륜은 당명금이 암기술을 고집하지 않고 근접으로 달려들자 일순간 당황했다. 그가 상대해 본 당가의 무인이 많은 것은 아니지만 단 한 명도 이렇게 지근거리에서 달려드는 자는 없었다.

법륜의 달려들던 신형이 벽에 가로막힌 듯 급격하게 멈추더니 뒤로 젖혀졌다. 철판교(鐵板橋)의 수법으로 당명금이 찔러낸 쇠꼬챙이를 비껴냈다. 그와 동시에 무릎을 튕기며 당명금을 향해 사멸각을 날렸다.

채채채챙!

법륜은 그 짧은 순간에도 서너 번 발을 차올려 당명금의 쇠꼬챙이를 밀어냈다. 위험했다. 너무 조급했다. 더 빨리 끝내야 한다는 생각에 눈앞에 있는 사람이 어떤 사람인지 잠시 망각했다. 그 결과가 단번에 수세로 나타났다. 법륜이 몸을 바로 세우기도 전에 당명금이 사멸각의 기운을 해소하고 달려들었다.

당명금이 쥔 쇠꼬챙이가 법륜의 왼쪽 어깨에 닿을 듯 쏘아졌다. 아슬아슬했다. 찰나의 순간 불광벽파로 보호하던 호신의 기(技)가 와해되면서 큰 상처를 입을 뻔했다. 자칫했으면 단숨에 어깨를 잃어버렸을 것이다.

쒜에엑!

당명금이 쇠꼬챙이를 회수했다가 연속으로 찔러 넣었다.

법륜이 세를 회복할 시간을 주지 않기 위함이다.

법륜은 계속해서 뒤로 물러섰다. 전세를 역전시키려고 하면 단번에 가능한 일이겠으나, 눈앞의 적에 연연해 손해를 감수할 생각은 없었다. 어느새 해가 지고 있었다. 밤은 아직 시작도 되지 않았다. 얼마나 더 많은 적을 상대해야 할지 모르는 지금, 작은 손해로 얻은 이익이 재앙이 되어 돌아오는 것은 사양이다.

힐끗.

게다가 법륜은 홀몸이 아니다.

당천호를 감시하고 있는 장산은 분명 훌륭한 무인이지만 중과부적을 감당할 수 있을 만큼의 무력은 가지고 있지 않다. 자신은 죽어도 그만큼은 살려야 한다. 그렇기에 섣부른 판단을 할 수 없었다. 그 사실만큼은 당명금과 같았다.

'여유가 필요해. 아주 잠깐의.'

법륜은 얼굴을 노리고 날아드는 꼬챙이를 고개를 움직여 피해냈다. 아직까지 위험한 공격은 없었다. 저쪽도 틈을 노리고 있으리라.

'그렇다면.'

법륜의 눈이 번뜩였다.

필요한 여유는 만들면 된다. 당가의 태상가주여도 이제는 확연히 보인다. 당명금은 자신의 아래다. 다만 기회를 엿볼 뿐이다. 사숙의 원한을 잊은 것이 아니다. 먼 길을 가야 하기에 복수는 복수대로, 싸움은 손해 없이 끝내고 싶은 게다.

생각이 길었다.

꼬챙이를 피해내면서도 법륜은 눈을 가늘게 뜨며 기회를 엿봤다. 당명금의 나이는 못해도 고희(古稀). 강대한 내력으로 노구(老軀)를 마음껏 움직이고는 있지만 무공이란 본디 내외(內外)의 조화가 중요한 법이다. 강대한 내력이라도 몸이 따라주지 못한다면 아무 의미가 없다.

법륜이 기다리는 것은 그때였다. 당명금의 지친 몸이 내력의 수발을 할 수 없을 정도가 되었을 그때, 그 시점이 변화의 시점이다.

'하지만 그래선 아무 의미가 없다. 끌어내야 해.'

법륜은 그 시점을 앞당기기로 했다.

꼬챙이를 피해가며 지근거리에서 지강(指罡)을 연달아 쏘아냈다. 당명금의 몸이 휘청거리며 법륜의 탄지공을 쳐냈다. 확실히 노강호답게 틈을 노리고 펼친 기습은 잘 통하지 않았다. 법륜은 당명금을 향해 지풍을 쏘아내면서 구양백을 떠올렸다.

구양백은 강했다.

괜히 정도팔대세가라 불리는 집단의 수장이 아니었다. 당명금도 마찬가지. 그 또한 당가라는 가문의 수장이다. 그저 뒷방 늙은이로 취급하기엔 너무 거대한 인물이다. 어쩌면 자만일지도 모른다. 체력을 빠르게 소모시켜 전투 불능으로 만든다는 것은.

'조금 더 써야겠다.'

금강령주가 진동하며 왼손에 모여들었다.

법륜은 뒤로 물러나며 몸을 회전시켰다. 이어져 나가는 무형사멸각 해일. 당명금이 진기의 파도에 가로막혀 전진하지 못하고 두 손으로 해일을 밀어내고 있다. 법륜은 그 틈을 노려 왼손을 뻗어냈다.

피슝!

다섯 자락의 지강이 미간과 양팔, 양다리를 노리고 날아갔다.

당명금은 법륜의 각법을 해소해 나가며 계속해서 전방을 주시했다. 거대한 금기 다섯 자락이 날아드는 것이 온몸으로 느껴졌다. 당명금은 꼬챙이를 금기가 날아드는 방향을 향해 연거푸 찔러 넣고 뒤로 물러섰다.

'쉽지 않겠구나. 명년 오늘이 내 제삿날이 되겠어.'

당명금의 얼굴이 굳었다. 암기술이 아닌 근접전으로 승부를 보려 한 것은 상대방의 방심을 유도하기 위해서였다. 당가 하면 암기술, 암기술 하면 당가였으니 원거리에서 쏘아내는 암기만 염두에 두다 갑작스레 근접전으로 달려들면 상대방은 당황하게 마련이다.

하지만 법륜에겐 그런 것이 없었다.

처음과 끝이 똑같았다. 적을 두고 방심하지도 여유를 두지도 않았다. 그런 법륜의 눈동자와 당명금의 눈이 마주치는 순간, 당명금은 알았다. 저 승려 같지도 않은 승려의 심중에는 이미 당가가 없었다. 그저 밟고 지나가는 과정일 뿐이다.

당명금이 그 사실을 어렴풋이 느꼈을 때 사위는 어둠 속에 묻혔고, 상황은 급변하기 시작했다.

＊　　　　＊　　　　＊

"어서 찾아라! 그리 멀리 가지 못했을 것이다!"

당가의 소가주 암룡 당천기는 무엇이 그리 마음에 들지 않는지 짜증이 가득한 목소리로 외쳤다. 그의 한마디에 당가의 주력 무인들이 사방으로 흩어져 주변을 수색하기 시작했다.

가주대행(家主代行).

당천기의 현재 위치이다.

당가의 직계 혈손이자 주인인 가주가 죽고 나서 그 대행을 할 수 있는 사람은 자신을 포함해 총 셋이었다. 자신과 사촌 형제인 대총관 당천호, 독룡이라 불리며 경쟁하던 당천후까지. 하지만 이제 남은 사람은 자신 하나뿐이다.

이제는 모두 없다.

이 세상 사람이 아닌 까닭이다. 아니, 당천호는 아직이다. 하나 그것도 시간문제. 조부께서 나섰으니 이제 정리가 될 것이다. 당천기는 그 사실에 적잖이 안도했다. 부친을 잃은 상황에서 소가주의 위치는 불투명한 것. 그 불투명함을 조부 당명금이 확실히 제어해 줄 터이다.

'나도… 별다를 게 없는 속물이군.'

당천기는 고소를 금치 못했다.

자신은 속물이다. 부친을 잃은 지 불과 몇 시진도 지나지 않았건만, 그 죽음 뒤에 따라올 부상(副賞)에 군침을 흘리는 꼴이라니. 구파의 노괴들이 그토록 세가를 경멸하는 이유를 알 것 같았다.

지리적 위치로 인해 구파와 그 어느 세가보다 더 밀접한 관계를 맺고 있는 당가이다. 구파의 노괴들이 어떤 생각을 하는지 이곳보다 더 정확하게 아는 곳이 있을까. 그런 면에서 당천기의 성정은 구파에겐 미달, 세가에겐 적합했다.

'이제 곧.'

당천기가 눈을 빛냈다.

그토록 바라 마지않던 세가가 자신의 손에 떨어진다. 원하던 방향이 아니었고 든든한 지원자인 부친이 생존해 있지 않지만 가주의 자리를 노리는 경쟁자들이 제거된 지금 그 어느 때보다 상황이 좋았다.

한편, 당가의 주력 부대나 마찬가지인 십수와 십독은 전열을 가다듬었다. 소가주 당천기의 명이 아니더라도 당가의 체면은 이미 바닥에 떨어진 것이나 다름없었다. 그 체면을 본래대로 돌려놓지 않는다면 강호에서 얼굴을 들고 돌아다닐 수 없으리라.

타격대의 선두에 선 혈접수라는 침중한 얼굴로 부서져 내리는 커다란 장원을 노려봤다. 하오문 성도 지부. 그도 익히 아는 곳이다. 가내의 변고가 벌어지고 하루도 되지 않은 상황에서 가문의 영역에서 벌어지는 이런 싸움은 그로서도 익숙하지 않았다.

당가는 언제나 최고였다.

남들이 독과 암기를 사용한다며 뒤에서 수군거려도 대놓고 앞에서 그들을 모욕하거나 질책하는 인사는 없었다. 그럴 간

담이 없기 때문이다. 당가가 정도무림을 지탱하는 한 축이 되어 있던 까닭이다.

"정말······."

혈접수라 당철기는 입을 열다 급하게 닫았다.

장원의 담벼락을 부수고 무언가가 빠르게 날아들었기 때문이다. 그의 손이 재빠르게 움직였다. 날아오는 물체는 상당히 컸다. 다 큰 성인 남자만 했다.

'사람······?'

당철기가 전력을 끌어 올렸다.

강호에서 혈접수라라고 불릴 만큼의 무력은 충분히 쌓아놓은 당철기다. 게다가 그는 당가십수라는 세가 제일 타격대의 수장이다. 결코 무공이 낮을 수 없었다. 당철기의 손이 재빠르게 뻗었다.

날아오는 사람이 딱히 공격적인 움직임을 보이지 않으니 방어만 한 채 상황에 대한 설명을 요구할 생각이다. 하지만 날아오던 인형은 당철기의 바람과는 달리 끈 떨어진 연처럼 흔들리기만 했다.

그제야 당철기는 자신들을 향해 날아오는 사람이 인사불성이라는 것을 알아챘다. 그의 높은 무공으로도 날아오는 속도를 꿰뚫고 정확한 상황을 파악하지 못한 탓이다. 그의 손이 쾌속의 전진을 멈추고 부드럽게 흔들렸다. 강유(剛柔)의 조화가 두드러졌다.

마침내 그가 날아오던 신형을 멈춰 세우자 그의 얼굴이 드러났다.

"태상… 가주……?"

당철기의 굳건한 눈이 급격하게 무너져 내렸다.

법륜은 망설이지 않았다.

애초에 그럴 이유가 없었다. 당명금은 사숙을 죽음으로 몰아넣은 당천호가 속한 당가의 일원이다. 모든 것을 계산하고 싸우기엔 이미 너무 멀리 와버렸다. 그렇다면 남은 방법은 하나뿐이다.

부순다.

현재 그의 안중에 당가는 없었다.

더 높고 더 큰 곳을 바라보고 있었다. 그 목표의 끝은 처음 정한 것처럼 마신이 아니었다. 그의 목표는 더 원대하고 정확했다. 어쩌면 법륜이 살아 있는 동안 이룰 수 없을지도 모르는 꿈이기도 했다.

'내 사람이 결코 죽게 만들지 않겠다.'

법륜이 그 짧은 시간 여립산의 죽음을 목도하고 만들어낸 절대의 원칙. 그것은 인간의 숙명이나 다름없는 죽음과 관련이 있었다. 단순한 노화(老化)에 대한 거스름이 아니었다. 자신의 사람은 자신이 지키겠다는 것을 명확하게 한 것이다.

여립산부터 시작해 본산에 있을 해천, 그리고 그와 함께 있을 사경무와 현재 자신과 함께 있는 장산, 본산에 기거하는 수많은 사형제들까지.

법륜은 그 모두가 자신의 사람이라 생각했다.

불가에서 연은 굉장한 업(業)을 쌓아야 이루어진다고 여긴다. 옷깃만 스쳐도 인연이라는 말이 괜히 나온 것이 아니다. 그런 면에서 생사를 함께한 지인들과의 인연은 결코 가볍게 치부할 만한 것이 아니다. 법륜은 그 사실을 잘 알고 있으면서도 간과했다.

사숙 여립산의 죽음은 충분히 예상한 바였다.

예지의 능이 몇 번이고 보여주었으니까. 단지 믿고 싶지 않았을 뿐이다. 아니, 애써 외면했다는 것이 진짜 사실이다. 마음 한편에 여립산 정도의 강대한 무력을 쌓은 무인이 쉽게 죽겠느냐는 생각이 바탕이 되었다.

그 모래성 같은 믿음은 그에게 잔인한 칼날이 되어 돌아왔다.

'이제 절대 그런 일은 없어야 해.'

법륜은 당명금과 손속을 나누는 와중에도 정신이 팔려 있었다. 당명금 정도의 초절정무인을 상대하면서도 다른 생각을 할 수 있다는 것은 그만큼 격차가 많이 벌어졌다는 것을 의미

한다.

한쪽은 초절을 넘어선 절대의 경지와 젊고 생기 가득한 육신, 반면 한쪽은 초절정의 위치에 머무르며 늙어버린 노구이다. 경지에서부터 이미 차이가 나는데 당명금이 법륜을 이길 가능성은 전무했다.

그렇기에 가능했다. 법륜의 사고는.

'태영사를 키우자. 일단 장산과 사경무가 주축이다. 그리고 새로운 인물들을 계속 받아 세를 늘려야 해. 그 주축은 속가가 되어야 한다. 이미 나조차 속세에 발을 들이지 않았는가. 분명… 소림의 이름 아래라면 불가능한 일이 아니야.'

법륜은 결론을 냈다.

상념은 이제 충분했다. 이제는 눈앞에 당면한 일을 처리해야 할 때였다. 두 눈에 기를 쓰고 덤벼드는 당명금이 들어왔다. 노구로 혼신의 힘을 다하는 무인. 법륜은 당명금의 분노한 눈을 보며 자신이 굉장한 무례를 저질렀음을 깨달았다.

"미안하군."

법륜의 반응에 당명금이 이를 갈았다.

내심 자신을 두고 딴생각을 하는 것은 아닌지 의문이 들었는데 법륜이 너무 쉽게 시인한 것이다. 당명금은 초절정고수. 법륜이 전력을 다하지 않았다고는 하지만 절대지경에 오른 그를 상대로 이만큼이나 버텼다는 것은 칭찬해 줄 만한 일이다.

그런 무인을 눈앞에 두고 딴생각을 했으니 무례도 그런 무례가 없었다.

"이제 그만 끝내야겠어. 시간을 너무 오래 끌었다."

법륜이 언제든 끝을 낼 수 있을 것처럼 말하자 당명금이 분노에 찬 고함을 내질렀다.

"이 빌어먹을 놈이! 감히 나를 앞에 두고 그따위 망발을 해! 나는 당명금이야!"

당명금의 노구가 조금씩 빨라지기 시작했다.

분노에 달한 노구가 한계 이상의 힘을 끌어내기 시작한 것이다. 하지만 그 기준이 명백했다. 지칠 대로 지친 몸, 고갈되어 가는 내력은 그 한계를 높인다 해도 법륜의 털끝 하나 건드리기 어려웠다.

법륜이 결단을 내렸다.

이 이상 시간을 끌어봐야 둘 모두에게 좋을 것이 없었다. 법륜에겐 당가라는 거대한 적이 있었고, 당명금에겐 치욕만이 남을 뿐이다. 여기서 끝내는 것이 옳았다. 법륜의 눈빛이 가라앉았다.

법륜은 눈빛은 가라앉았지만 반대로 기세만큼은 드높았다. 한 시대를 장식한 무인을 짓밟는 자리이다. 최선의 예의는 그가 도달하지 못한 경지의 무를 보여주는 것이다. 법륜의 몸에서 짙은 불광(佛光)이 일었다.

"보아라. 이것이 절대지경. 당신이 도달하지 못한 무의 궁극이다."

법륜의 손바닥을 내밀었다.

그 손바닥 위로 몸에 서린 불광이 모여들기 시작했다. 이윽고 손바닥 정면에 자그마한 구슬이 생겨났다. 은은한 금빛을 띠고 있는 구슬, 강환(罡丸)이다. 법륜은 물끄러미 강환을 쳐다보다 자신도 모르게 한마디를 툭 내뱉었다.

"염라주(閻邏珠)다."

금빛 강환.

그 모습은 승려가 염불을 외며 수를 세던 염주와 닮아 있었다. 법륜이 기세를 더 끌어 올리자 금빛 서기를 머금은 염라주 수십 개가 떠올라 그의 몸을 빙글빙글 돌기 시작했다. 염주처럼 서로 이어져 주변을 회전하는 염라주를 본 당명금의 분노한 표정이 차게 식었다.

"이게……."

당명금이 말을 더듬었다.

그는 초절정의 무인이다. 법륜이 보여준 것이 무엇인지 명확하게 느꼈다. 아니, 알았다고 하는 것이 정확했다. 그로서는 아직 법륜이 펼쳐낸 강환에 얼마나 많은 기운이 집약되어 있는지 느낄 수 없었다. 다만 전설로만 회자되는 경지에 턱이 덜덜 떨려왔다.

강환은 절대지경과 초절정을 가르는 일종의 경계였다.

강환이 경계가 된 것은 공간에 대한 깨달음 때문이다. 초절정의 무인은 아무리 용을 써도 체외로 배출한 진기를 몸과 떨어뜨려 유형화시킬 수 없다. 공간을 뛰어넘어 기(氣)를 지배한다. 그것이 절대지경에 이르는 초입이다.

"그만 끝내자."

법륜은 염라주를 손에 쥐었다. 가느다란 기의 실로 이어진 강환이 법륜의 손에 가지런히 놓였다. 바람이 불었다. 그 바람에 염라주가 흔들리며 당명금의 시야를 수놓았다. 저건 지금 당장 무슨 수를 내놓는다 해도 대적 불가다. 그럼에도 당명금은 전의를 다졌다.

'물러서면 전부 죽는다.'

그가 지켜야 할 자.

당천호가 그와 마찬가지로 부릅뜬 눈으로 법륜이 일으킨 이적(異蹟)을 바라보고 있었다. 당명금은 알 수 있었다. 당천호의 저 두 눈이 의미하는 바를. 그는 알고자 했다. 법륜이 일으킨 절대의 기세를 이해하고 앞으로 더 나아가고자 했다.

당명금의 판단은 정확했다.

저 아이를 살려야 한다. 당분간 당가엔 견디기 힘든 혹한의 시간이 닥치리라. 하지만 저 아이만 무사하다면, 나아가 이 자리에서 벗어나 한 발 더 나아갈 수 있다면 그것으로 되었다. 그렇다면 당가는 다시 한번 비상할 수 있는 기회를 맞으리라.

당명금은 고요한 신색으로 입을 열었다.

"노부가 강호에서 협행(俠行)을 한 지 어언 삼십 년. 그 고단한 길에서 죽음에 이를지도 모르는 길을 수도 없이 걸었다. 하지만 너는 기이하구나. 무공도 무공이거니와 정도와 마도를 넘나드는 파격은 풍진강호를 겪은 노부도 이해하기 힘든 것이니라."

"정도와 마도를 넘나든다? 이 내가? 확신할 수 있는가?"

법륜은 당명금의 말에 동의할 수 없었다. 그와 동시에 이해할 수 있었다. 그는 언제나 정도만을 걸어왔지만 그 속내를 짐작할 수 없는 타인이 보기에 법륜 자신은 강호에 불어온 파격 그 자체이다. 새로운 바람이다.

그래서 법륜은 웃었다. 아주 시원하게. 단순히 당명금의 말에 동의해서가 아니다. 그는 처음부터 파격을 원했고 그렇게 해왔다. 하지만 그 파격의 절대적인 선은 넘지 않으려 애써왔다. 그래서 물을 수밖에 없었다.

"무슨 말을 하고자 함인가?"

당명금은 깊은 눈에 다시 한번 젊은 시절 품은 기상을 담아냈다.

"네놈은 네 스스로가 정의라 생각하겠지. 네놈의 이야기는 잘 알지. 소림에서 나고 자랐다 들었다. 무허 대사가 천주신마를 격살하고 난 뒤 네놈이 승적에 올랐겠지. 그것이 무엇을 뜻하겠는가?"

법륜의 미간이 찌푸려졌다.

생각지도 못한 이야기가 당명금의 입에서 나와서이다. 당명금의 뒤에서 당천호를 지키고 있던 장산의 눈이 부릅떠졌다. 그 또한 밝혀져서는 안 될 이야기라는 것을 잘 아는 까닭이다. 장산의 입술이 달싹였다. 안절부절못하는 모양새다.

하나 법륜은 당명금이 계속하기를 바랐다.

"계속해라."

"알 만한 자라면 이미 다 알고 있다. 네놈과 천주신마 유정인의 연관성. 허나 이미 강산이 변해도 두 번은 더 변했을 시간이 흘렀다. 이제 와서 그런 것은 아무런 의미도 갖지 못하지. 허나……."

당명금의 몸에서 정대한 기운이 터져 나왔다.

무공의 높낮이를 따지는 건 아무런 의미도 없었다. 그것은 당명금의 살아온 인생 그 자체였다. 정도의 인사로 의와 협을 숭상하고 이를 행한다. 당군자(唐君子)라 불리던 남자의 인생이 담긴 기세였다.

"네놈은 소림에 입적해 남들이 상상도 하지 못할 혜택을 누리며 무공을 쌓아왔다. 소림의 이름은 높고도 높지. 네놈은 그런 소림의 이름에 먹칠을 하고 있어. 네놈이 정녕 소림의 가르침을, 깊은 불심을 마음 깊이 가지고 있다면 절대 이럴 수는 없다."

"그래서 내가 스스로 무공이라도 폐하고 산속 깊숙이 처박혀 은거라도 해야 한다는 뜻인가?"

당명금이 고개를 저었다.

"나는 네놈이 소림에서 어떤 위치에 있는지 모른다. 알고 싶지도 않고. 허나 그 무공, 소림에서도 가벼이 취급할 수 없는 문제겠지. 그래서 제안한다."

"제안이라……."

법륜이 턱을 쓰다듬었다.

듣고 싶지 않은 제안이다. 그가 제안할 것이라고 해봐야 뻔했으니까. 하나 법륜은 그 제안을 들어야만 했다.

당명금의 이름 때문이다. 법륜은 당명금이 강호에서 갖는 위명이 어느 정도인지 모른다. 그저 짐작할 뿐이다. 구양백이 그러한 것처럼 그 또한 강호에 기치를 세운 한 명의 협사로 생각했기에, 먼저 앞서 걸어간 한 명의 선배로 생각했기에 들을 수밖에 없었다.

"말하라."

"당가는 이번 일을 불문에 부치겠다. 네놈도 그리하라. 허나 그쪽은 이미 한 명이 불귀의 객이 되었으니 이쪽도 목숨

하나를 내놓아야 수지에 맞겠지."

법륜이 그 말에 쓰게 웃었다.

당명금의 제안은 목숨 하나 받고 이번 일을 덮자는 뜻이다. 생각대로 재미없는 제안이었다. 아무런 흥미도, 실리도 없는 제안이었다.

사숙이다.

강호에 나와 그 누구보다 깊은 연을 맺은 사숙이다. 자신을 지금까지 이끌어준 은인이다. 그런 사숙을 죽인 자가 당명금의 뒤에 있다.

"목숨값이라……. 당가여, 그대들은 나를 너무 우습게 보는군. 고작 당가의 일원, 목숨 하나로 그 빚이 없어진다 생각하나?"

"그렇지 않다. 우습게 보지 않기에 이 제안을 하는 것이다. 네놈이 그저 마도의 잡졸이었다면 당가가 멸문하더라도 네놈을 죽이기 위해 온 힘을 다했을 것이다. 그리고… 네놈이 싸움을 걸어온다면 당가는 물러서지 않아. 그렇게 가르쳤고 그렇게 이끌었다."

"그래서 하고 싶은 말이 뭐냐?"

법륜이 스스로에게 묻듯 당명금에게 말을 흘렸다.

"네놈이 앞으로 살아갈 날은 이 늙은이보다 몇십 배에 달하겠지. 그 평생을 원한만 쌓고 살 테냐? 정도의 명문이라는

소림에서 나고 자란 제자의 머릿속에 품고 살 생각이냔 말이
다."

"웃기는 소리를 하는군. 싸움은 그쪽이 먼저 걸었다. 당가
에서 그런 말을 하기 전에 집안 단속부터 하는 것이 어떠한
가?"

"그 부분에선 할 말이 없다. 그렇기에 주겠다. 그에 상응하
는 목숨을. 저기 저자, 섬서 백호방의 방주라 했지? 그 이름은
잘 알고 있다. 여군산이 요절하지 않았다면 더 크게 됐을 위
인이다. 안타까운 일이야."

법륜은 백호방과 인연이 느껴지는 듯한 당명금의 말에 잠
간 놀란 표정을 지었다. 하지만 인연은 인연이고 은원은 은원
이다.

"그래서 누구의 목숨을 주겠나? 뒤에 있는 자의 목이라도
내줄 텐가?"

"아니. 이 아이의 목숨은 줄 수 없다. 대신 다른 이의 목숨
을 주마."

"그것은 또 의외로군."

법륜이 당명금을 보며 중얼거리자 당명금의 뒤에서 지켜보
고 있던 당천호는 어안이 벙벙했다. 당명금은 분명 그의 목숨
을 취하려고 왔다. 골육상쟁(骨肉相爭)의 비극이다. 그 시작에
자신이 발을 먼저 내디뎠으니 조부가 그의 목숨을 취한다고

해서 피할 생각은 없었다. 그것이 그가 치러야 할 죗값이고 유일한 속죄의 길이었다.

'조부… 님……'

당천호가 조용히 눈을 감았다.

'무슨 생각이신가?'

그로서는 도무지 알 수 없었다.

당가를 박차고 나오면서 모든 것을 버렸기 때문일까. 당천호는 전혀 당명금의 의도를 파악할 수 없었다. 그런 당천호의 혼란과는 상관없이 당명금이 나지막이 이름을 부른다.

"천호야."

법륜은 당명금의 어조에서 그의 확고한 의지를 느낄 수 있었다. '천호야'라는 세 글자 안에 무수히 많은 뜻이 담겼다. 법륜은 그 의지 속에서 언젠가 느낀 스승 무허의 의지를 고스란히 느꼈다.

'그런 것인가.'

법륜의 상념과 무관하게 당명금은 뒤도 돌아보지 않은 채 당천호를 향해 당부를 늘어놓고 있었다.

"살아야 한다. 네가 살아야 해. 네가 아니면 당가는 더 이상 가망이 없다. 나와 천기의 목숨을 줄 것이다. 당가의 의지를 네가 이어가라."

"조부님, 어째서……."

당천호는 조부의 이름과 당천기의 이름이 함께 나오자 해연히 놀랐다. 자신을 살리기 위해 조부가 희생해야 할 이유도, 이득도 없었다. 가문이라면 되레 자신보다 조부가 이끌어 가는 것이 더 큰 이득이리라.

"다른 뜻이 아니다. 네가 저지른 일은 터무니없다. 정마(正魔)를 떠나 해서는 안 될 천륜(天倫)을 어긴 패륜이다. 그 죄는 어떤 일을 해서도 갚을 수 없는 것이다. 허나 내 그 죄를 갚을 수 있는 기회를 주마."

"그것이……."

"살아라. 네가 할 일은 사는 것이다. 당가의 계보가 끊이지 않게 하라. 또 당가의 무가 정도에 매진하기에 부족함이 없음을 하늘에 고하라. 당가의 태상가주로서 천명하마. 그것이 네가 죄를 갚을 수 있는 길이라는 것을."

당명금의 강렬한 눈빛이 당천호에게로 향했다. 법륜은 그 모습을 도저히 더 봐줄 수 없었다. 당당해도 너무 당당했다. 당사자를 눈앞에 두고 이 무슨 말도 안 되는 선언이란 말인가.

"도저히 봐줄 수가 없군."

법륜이 나지막이 읊조리자 당명금의 고개가 돌아섰다.

"무엇이 그러한가, 소형제?"

법륜은 당명금의 소형제란 표현에 실소를 머금었다. 갈수록 태산이라더니 당명금이라는 노강호의 수작이 적나라하게 보였다. 본인의 목숨과 당천기라는 자의 목숨으로 이번 일을 무마하려는 심산이 뻔했다.

"당신과 당천기라는 자의 목숨으로 이번 일을 끝내고자 하나? 내가 그 얕은 수작에 놀아날 줄 알았나?"

"얕은 수작이 아닐세."

당명금이 고개를 저었다.

그로서는 큰 출혈이다. 당가의 직계 혈손 둘의 목숨을 내주겠다는 것이다. 그럼에도 부족하다? 당명금은 머리로는 그렇지 않다 생각했지만 고개를 끄덕일 수밖에 없었다. 법륜이 손속에 자비를 두지 않으면 당가는 오늘 멸문한다. 원로원의 어른들이 나선다고 해도 중과부적이다. 하지만 당명금은 법륜의 옳은 판단을 기대했다.

"무려 나와 당가 소가주의 목숨일세. 절대 부족하지 않아."

당명금이 할 수 있는 말은 고작 이거였다. 하나 법륜은 고개를 내저었다.

"내가 마음먹는다면 오늘 당가는 멸문한다. 그럼에도 당신은 당신과 소가주라는 자의 목으로 이번 일을 무마하려 하지. 참으로 치졸한 계획이다. 그리도 저자의 목숨이 중요하던가?"

당명금은 인정했다.

"그래, 내 인정하지. 늙은이의 치졸한 수작일세. 자네 말대로 오늘 당가는 멸문할지도 모르지. 허나 반대로 생각해 보게. 자네는 두 사람의 목숨을 쥐는 대신 더 큰 것을 얻을 것이니."

"더 큰 것이라."

당명금의 말이 맞을지도 모른다.

오늘 법륜이 물러서면 당가에 멸문의 빚을 지울 수 있다. 당가의 가훈만큼이나 정확한 것이 강호의 은원이 아니던가. 그로 인해 법륜은 당가에 무엇이든 요구할 수 있는 자격을 얻게 된다. 비록 그것이 원한에 의해 그 빚이 퇴색될지언정 법륜이 잃을 것은 하나도 없다.

하나 인정할 수 없었다. 그 누구보다 아끼고 사랑하던 사람이 목숨을 잃었다. 그런 상황에서 대가나 계산 같은 것은 논외이다.

"그런 것이 중요한 게 아니야. 내 사숙이 목숨을 잃었다. 당가가 어떤 대가를 지불하더라도 지울 수 없는 빚이다. 그뿐만이 아니야. 그대들은 허울뿐인 파문일지라도 소림의 제자를 상하게 했다. 그 죄는 쉬이 덮어줄 수 없다."

"허허허, 소림의 제자라……."

당명금은 법륜이 소림의 제자라는 말을 입에 올리자마자 되었다는 표정을 지었다. 기다리던 말이 나왔으니 더는 망설일 이유도, 시간도 없었다.

"소림의 제자이기에 그런 제안을 한 것일세, 소형제."

"그건 또 무슨 말이지?"

"소림은 언제나 공명정대하지. 그 빛이 온 강호에 드리우니 삿된 것은 바로 설 수 없음이라."

법륜의 미간이 구겨졌다.

"무슨 말을 하고 싶은 것인가?"

"말 그대로일세. 소림의 제자라서 그렇다네. 자네는 파문을 당했지만 아직도 스스로를 소림의 제자라 생각하지. 자네가 그 생각을 지우지 않는다면 자네는 언제고 소림의 제자일 뿐이야. 정도의 무인이 같은 정도의 무파를 상대로 혈겁을 저지른다? 정도와 마도가 자리 잡은 이래로 그런 일이 단 한 차례도 없었던 것은 아니나……."

당명금이 눈을 빛냈다.

이제 거의 다 왔다.

"소림의 제자가 그런 전례는 단 한 번도 없었지. 왜냐고? 말 그대로 소림의 제자였기 때문일세. 자네가 당가를 상대로 혈겁을 저지르는 순간 소림은 자네를 버릴 수밖에 없어. 그것이 소림이 강호에서 갖는 이름일세."

"소림이라……."

법륜은 그제야 당명금이 노리고 있는 것이 무엇인지 알았다. 소림의 이름에 자비를 구하는 게다. 자신이 비록 파문을 당했지만 아직 소림의 제자이다. 하지만 이번 일은 소림으로도 쉽게 무마할 수 없는 일이니 그가 어떤 선택을 하느냐에 따라 소림의 제자로 남을지, 아니면 희대의 마인이 될지가 결정된다.

"재미있는 말을 하는군, 늙은이."

곁에서 당천호를 감시하며 지켜보던 장산은 당명금의 말에 법륜이 흔들리는 것처럼 보이자 급히 끼어들었다. 이래서는 안 된다. 혈채는 혈채로. 강호의 법칙이다. 용서와 관용은 지금 같은 상황에서 떠올려서는 안 될 문제였다.

"잘 생각하시오, 소주. 이렇게 넘길 일이 아니외다."

법륜은 장산의 소주(少主)라는 말에 심각한 상황임에도 웃음을 지었다. 그의 결심이 느껴진 까닭이다. 그만큼 인정해 준다는 뜻인지, 아니면 주군이라 부르지 않았기에 선조의 유지를 잇는다는 뜻인지 알기 어려웠지만 그것으로 만족했다.

"그렇게 생각하는 까닭은?"

장산은 법륜의 물음에 간단하게 답했다.

"우습게 보이기 때문이외다. 칼 차고 그리 쉽게 물러난다는 것은 스스로 제 뼈를 잘라내는 것과 다르지 않소."

우습게 보이기 때문이라.

법륜은 고개를 끄덕였다. 자존심을 굽히고 물러서는 것은 처음만 어려운 법이다. 한번 물러서면 그다음은 쉽다. 두 번이 세 번이 되고 열 번이 된다. 그러면 강호에서 설 자리를 잃게 된다.

당명금은 그 작태를 보며 한숨을 내쉬었다.

어쩌다 이 지경까지 몰렸는지. 당가의 당군자라는 위명이 허무할 뿐이다. 이제 와서 어찌할까. 그는 선택지를 내줬고 처분을 기다리는 일만 남았다.

"내가 해줄 수 있는 말은 다 했네. 부디 소림의 제자로서 현명한 판단을 해주게."

당명금이 고개를 숙였다.

법륜은 그 모습을 보며 만감이 교차했다. 당명금의 모습에서 혈육에 대한 정이나 감동을 느낀 것은 아니다. 오래전 자신을 굽어보던 스승 무허에 대한 감상이 문득 떠올랐다.

해천에게 들은 것처럼 스승 무허가 그 당시에 자신과 해천에게 자비를 베풀지 않았다면 어땠을까. 운이 좋았다면 살 수도 있었겠지. 하지만 단언하건대 지금과 같은 위치에 오를 수는 없었을 게다.

법륜은 짧은 시간이지만 심사숙고했다.

"좋다. 단, 두 가지 조건이 있다."

법륜의 기감에 멀리서 달려오는 자들의 수가 불어나고 있었다. 싸울 것이라면 모르되 물러서기로 결정했다면 부딪치지 않는 것이 옳았다.

"말하게."

"목숨값은 그대의 것만 받겠다. 얼굴도 모르는 이의 목숨을 취하고 싶은 생각은 없다. 모든 것을 당신이 책임지라."

당명금의 얼굴에 화색이 돌았다.

"두 번째는?"

"봉문(棒門)하라. 기한은 삼십 년. 그 약속엔 저자도 포함된다. 가문 가장 깊은 곳에 유폐하고 나올 수 없게 하라. 그 약속을 지키겠다면 당신의 요청을 수락하겠다."

"봉문이라니?"

당명금의 안색이 새까맣게 죽었다.

봉문은 그들에게 좋은 조건이 아니었다. 직계가 잘려 나간 시점에서 봉문은 불가피하겠지만 기간이 문제였다. 삼십 년은 그간 당가가 뿌려놓은 모든 기반을 송두리째 뒤흔들 수 있었다. 어떤 의미에서든 당가의 뿌리가 흔들리는 것은 피할 수 없었다.

"그런 말도 안 되는 요구를 들어줄 성싶은가?"

"내 결정에는 이견이 없다. 선택하라. 열을 셀 때까지 결정하지 못한다면 오늘 당가는 몰살이다. 장담하지."

"끄응⋯⋯."

당명금이 앓는 소리를 냈다.

외통수다. 본인의 목숨을 거는 것만 해도 충분히 많은 것을 걸었다.

"좋… 다……."

굴욕도 이런 굴욕이 없었다.

소림이라는 이름으로 옭아맨 것까지는 좋았지만 결과는 제 살 깎아먹기다.

'가솔들의 목숨이라도… 건진 것을 다행으로 생각해야 하는가.'

"손을 쓰게."

"꽤나 적극적이군."

법륜은 당명금이 조용히 눈을 감고 모든 것을 내려놓자 꺼림칙한 마음이 들었다. 자신이 원하는 방식이 아니었다. 법륜은 스스로가 소림의 제자라 생각하지만 소림의 힘을 빌려 누군가를 핍박하거나 찍어 누른 적이 없다. 믿는 것은 오직 자신의 힘 단 하나였다.

자신과 대적한 누군가가 소림의 힘에 스스로 물러났을지언정 대적을 앞에 두고 소림의 이름을 들먹여 핍박한 적은 없다.

무공 정진 일로.

그것이 법륜이 걸어온 길이고 앞으로 걸어갈 길이다. 그 길에서 당명금의 선택은 법륜 스스로에게 소림의 이름을 강제

하는 것처럼 보였고 체념하게 만든 것처럼 보였다.

'그래서는 안 되지.'

당명금은 법륜이 손을 쓰지 않자 슬그머니 눈을 떴다.

"어째서⋯⋯?"

노안에 의문이 서리자 법륜은 스스럼없이 당명금에게 요구했다.

"덤벼라. 당군자(唐君子)라는 이름, 결코 낮지 않겠지. 구양백 노선배를 보면 알 수 있다. 심산유곡에 빠져 사는 중이라도 들어봄 직한 이름이다. 그 끝을 그리 허망하게 보내고 싶진 않다."

법륜은 말을 마치자마자 손에 쥔 염라주를 촤륵 하고 펼쳐냈다. 양손에 걸린 강환(罡丸)의 염주가 나무를 깎아 만든 염주처럼 손에 걸렸다.

"오라! 무인의 마지막 자존심은 지켜주겠다!"

법륜이 소리치자 당명금은 고소를 머금었다.

말이 좋아 무인의 자존심이다. 결국엔 죽을 자리를 보고 누우라는 말밖에 되질 않는다. 그럼에도 당명금은 양팔의 소매를 뜯어냄으로써 결의를 드러냈다.

암기술은 드러나지 않았을 때, 그리고 상대방이 예상치 못한 순간에 그 빛을 발한다. 소매를 뜯어냈다는 것은 법륜을 상대로 암기술을 사용할 생각이 없다는 뜻과 동일했다.

"좋네. 무인으로 생을 마감할 수 있게 도와줘서 고맙군. 허나 쉽게 보지는 말게. 기회만 된다면 언제든 자네 목을 물어뜯고 살아 나갈 테니."

"물론. 무공으로 일어선 자, 무공으로 생을 마감한다면 그또한 당연한 일. 그것은 그대가 생각하지 않아도 될 일이다. 잡설이 길었군. 오라."

법륜이 염라주를 튕기며 자세를 잡자마자 당명금이 날아들었다. 녹피 수투 끝에 잡힌 쇠꼬챙이가 매서운 속도로 꽂혀왔다. 법륜은 당명금의 쇠꼬챙이를 잡아내거나 피하는 대신 정면 돌파를 선택했다.

파아앙!

손에 걸린 염라주가 법륜의 손에서 휘돌려지며 쇠꼬챙이를 튕겨내고 돌아왔다. 너무 간단한 한 수에 당명금이 벼르고 찔러낸 일격이 무위로 돌아갔다. 법륜은 거기서 한 걸음 더 나아갔다.

양손에 걸린 염라주를 끊어질 듯 잡아당기더니 이내 끊어버렸다. 아니, 끊어냈다기보다 기로 이루어진 구속을 풀었다는 것이 정확하리라. 강기의 구슬이 허공에 흩날리자 법륜이 양손을 빠르게 쳐내며 강환을 튕겨내기 시작했다.

타앙, 타아앙!

강환이 당명금의 요혈을 노리고 쏘아갔다.

당명금은 얇은 쇠꼬챙이를 들어 상반신을 보호했다. 얇디 얇은 한 자루 쇠붙이가 쾌속의 속도로 강환을 향해 찔러갔다.

'막아내는 것은 불가능해! 튕겨내거나 비껴내야 한다!'

당명금이 손을 움직일 때마다 법륜의 손에서 쏘아진 강환이 아슬아슬한 위치로 스쳐 지나갔다. 순식간에 수십 개의 강환을 비껴낸 당명금이 희열에 젖어 몸을 떨었다.

절대와 초절정을 가르는 하나의 기준인 강환을 자신의 손으로 막아낸 것에 대한 기쁨이다. 당명금은 기쁨에 몸서리를 치면서도 법륜에 대한 경계를 소홀히 하지 않았다.

'손을… 당겨?'

당명금이 이상하다는 생각을 하자마자 등골이 서늘해졌다.

등 뒤로 싸늘한 기운이 덮쳐오면서 잊고 있던 죽음에 대한 공포가 엄습했다.

'어찌 이런……!'

당명금이 재빠르게 고개를 돌리자마자 자신이 튕겨낸 강환이 뺨을 스치고 지나갔다. 바람이 지나가듯 가볍게 스쳤음에도 피부가 터지고 피가 줄줄 흘렀다. 당명금의 얼굴이 당황으로 물든 와중에도 몸은 제 역할을 톡톡히 하고 있었다.

법륜이 손을 당겨낼 때마다 당명금의 몸을 스치고 살을 찢고 피를 내게 만들었지만 치명상만큼은 용케도 피해내고 있었다. 그 모습을 보던 법륜이 양손으로 강환을 당명금의 곁으로 끌어모았다.

짜악!

법륜의 손이 합장하자 당명금의 주변으로 몰려든 강환이 단숨에 터져 나갔다. 강력한 기의 응집체나 다름없는 강환이 폭발하자 이미 한번 주저앉은 하오문 성도 지부가 폭음에 뒤흔들렸다.

당명금은 귓가에 울리는 이명에 정신을 차리기 힘들었다.

기의 폭발에 양 귀의 고막이 터져 피가 흘러내렸다. 살갗이 벌겋게 달아올라 푹 삶은 고기처럼 변하며 통증이 느껴졌다. 당명금은 정신을 차리기 위해 고개를 흔들었다.

'이 정도였는가.'

한번 잃은 감각은 좀처럼 돌아오질 않았다.

이럴 때는 육신의 감각보다 머릿속에 번뜩이는 감각을 믿어야 한다. 당명금은 무너지려는 육신을 부여잡고 억지로, 또 억지로 기를 끌어 올렸다.

콰아앙!

당명금이 자세를 잡고 진기를 끌어모으기 시작하자마자 몸이 허공에 붕 떴다. 아니, 엄청난 파괴력에 허공을 날았다. 법륜의 천공고가 멍하니 서 있는 당명금의 가슴 위로 떨어진 것이다. 법륜은 허공에 떠 있는 당명금을 향해 발을 차올렸다.

땅으로 떨어지던 당명금의 신체가 다시 한번 허공을 날았다.

이어지는 것은 진공파(眞空波). 양손으로 펼치는 쌍수진공파다. 맹렬한 경력이 법륜의 팔을 타고 손끝에서 터져 나왔다. 단번에 터뜨리진 않는다. 시간차를 두고 터져 나간 진공파가 당명금의 몸뚱이에 작렬하면서 당군자라 불리던 노구를 피떡으로 만들어 버렸다.

거기에 더해 법륜은 허공에서 떨어지는 당명금을 향해 천공고 이연격을 먹였다.

한 번, 두 번.

법륜의 어깨가 부딪칠 때마다 당명금의 신형이 흔들렸다. 이미 정신을 잃었는지 아무런 반응이 없었지만 법륜은 멈추지 않았다.

보여주어야 했다. 당가가 건드린 것이 무엇인지. 그들이 야차의 역린을 건드렸다는 것을 똑똑히 보여주어야 했다. 그래서이다. 당명금이 반항 한번 해보지 못하고 피떡이 되었지만 법륜이 잔혹한 손속을 계속해서 내비치는 것은.

그래야 당가의 그 어느 누구도 그를 대적하지 못할 테니까.

'미안하오, 선배.'

법륜은 철면(鐵面)의 얼굴을 한 채 당명금에게 마음으로 사죄의 말을 올렸다. 법륜은 당명금을 죽음으로 몰고 가면서 당천호를 물끄러미 바라보았다. 경고였다.

그리고 항변이었다.

당신이 한 어리석은 선택에 겪게 된 결과였고, 독룡이라 불리는 자도 자신이나 여립산이었다면 손 하나로 제압할 수 있었다는 항변이다. 결국 당천호의 어리석음을 꾸짖는 눈이었다.

법륜은 마지막 일격을 준비했다.

"잘 가시오. 약속은 지키겠소."

법륜의 오른손이 뒤로 당겨졌다 쏘아졌다.

손바닥 위에 새빨간 기운이 어렸다가 폭사했다. 제마장 이초 적옥이 당명금의 몸을 집어삼켰다. 당명금의 몸이 하늘을 날아 담장 너머에 처박혔다.

당명금이 날려가 떨어진 그곳에 녹빛 장포를 입은 무인이 여럿 보였다.

"거기 그쪽."

법륜의 부름에 당가의 무사들은 얼빠진 대답을 할 수밖에 없었다. 당가의 정예 타격대를 이끄는 혈접수라 당철기는 법륜의 부름보다 눈앞에 널브러진 노인을 경악이 담긴 눈으로 바라봤다.

'태상… 가주……!'

당군자 당명금이 누구던가.

원말 혹한의 시기조차 군자라 불리며 세인들의 칭송을 받던 존재가 아니던가. 당철기에 당명금은 세가의 신(神)이나 다름없었다. 그런 존재가 눈앞에서 피를 흘리며 쓰러졌다. 그에겐 당명금이 쓰러진 것이 아니라 사천 제일의 명문 당가가 추락한 것처럼 보였다.

입안이 썼다.

"그쪽은……?"

"법륜이라 하지."

"천야차… 소림의 제자라 들었다. 소문만 무성하던 자가 이렇게 엄청난 짓을 저지르다니. 대체 이 무슨 행패인가?"

법륜은 가볍게 고개를 끄덕였다.

당철기의 행패라는 말에 동의한다기보다 그저 스스로가 천야차이며 소림의 제자라 인정하는 몸짓이다.

"그것은 당가가 내게 할 말이 아니지. 시작은 그쪽이 먼저 했다."

"도대체… 도대체 그게 무슨 말이냐? 당가가 먼저 시작했다니?"

법륜은 어깨를 으쓱이며 저 멀리 장산 앞에 무릎 꿇고 앉은 당천호를 가리켰다.

"알고 있는 자겠지? 당천호라고 하던데."

"천호!"

당철기가 당천호를 보며 놀라움의 탄성을 터뜨렸다. 법륜은 그 감상을 굳이 제지할 필요를 느끼지 못했다. 사실 당명금과 약속 아닌 약속을 하긴 했지만 눈앞에 보이는 당가의 인물들을 모조리 쳐죽이고 싶은 심정이다.

"자세한 이야기는 저자에게 들으라. 당가의 태상가주는 그의 목 하나로 이번 일을 끝내기로 했으니."

"그게 무슨……."

당철기가 혼란에 휩싸여 어물거릴 때 법륜은 등을 돌려 당천호에게 다가섰다. 등 뒤를 노리고 공격할 테면 해보라는 듯 당당하기 그지없다. 당천호 앞에 선 법륜은 무릎을 굽히고 당천호의 눈을 직시했다.

"당천호, 네 선택이 지금의 파국을 불러왔다. 내 마음이 가는 대로 하고자 했다면 당가는 오늘 주춧돌 하나 남기지 않고 끝났을 거다. 당 선배의 제안이 아니었다면 반드시 그렇게 되었겠지."

당천호는 법륜의 고요한 두 눈을 보며 말을 잃었다.

"사숙이 왜 죽어야 했지? 네 동생을 죽인 것은 그가 아니야. 구양세가의 마인이 죽였지. 이미 알고 있겠지? 그럼에도 너는 사숙을 죽음으로 몰고 갔다. 사숙은 독룡에게 가벼운 훈계만 했을 뿐이야. 그리고 애초에 그는 구양세가의 마인을 감당해 낼 수 없었다. 그가 멀쩡했어도 구양선에게 죽었을 거라는 말이지."

"도대체 무슨 말이 하고 싶은 건가."

당천호는 법륜의 나지막한 읊조림에 처연히 입을 열었다.

모든 것이 끝났다. 우물 안 개구리가 따로 없었다. 당가를 떠나 무공을 닦았고, 당가로 돌아왔을 때 가내에 자신을 상대할 수 있는 자가 몇 없다고 느꼈을 때 그는 세상을 다 가진 것만 같았다.

하지만 착각이었다.

그가 손에 쥔 것은 파도 한 번에 휩쓸려 사라질 모래성이었다. 법륜은 당천호의 모래성을 단숨에 파괴했다.

"내가 분노하고 있음을 평생 떠올리며 살아라. 삼십 년의 봉문 동안 잘 생각하도록. 네가 살아가는 평생 그 뼛속 깊이 나에 대한 공포를 새겨라. 그리고 내가 원한을 잊지 않고 있다는 것을 항상 상기하며 살아라. 만약……."

법륜이 긴장으로 물든 당천호를 향해 이빨을 드러냈다.

"당 노선배와 한 약속을 깨고 당가의 무인들이 강호를 종횡한다면… 당가에서 기르는 가축 하나 남기지 않고 몰살시키겠다. 내 말을 명심하라."

제이십이장(第二十二章)

격살(擊殺)

강호에 소문이 돌았다.

중원 팔대세가의 일익을 차지한 당가의 봉문 선언이다. 그 봉문 선언에 중원 각지로 파견되어 있던 당가의 무사들이 세가로 속속 복귀했다. 세가로 복귀한 무사들이 가장 먼저 접한 모습은 당가의 소가주 당천기가 조부 당명금의 시신을 부여잡고 오열하는 모습이었다. 당명금의 장례가 끝나자 당천기는 검은색 상복을 입은 채 가내에서 두문불출했다.

강호인들은 경악에 휩싸였다.

당명금이 강호에 당군자로 이름 높은 무인임을 감안할 때 그의 죽음에는 석연치 않은 점이 많았다. 그가 당가의 앞마당이나 다름없는 사천에서 유명을 달리했고, 공고한 동맹이나 다름없는 구파의 청성과 아미는 그의 죽음에 침묵했다.

그러다 한 가지 소문이 강호를 강타했다.

당명금의 죽음에 풍비박산 난 하오문 성도 지부에서 흘러 나온 소문이었다. 하오문 성도 지부장은 휘하의 문도에게 그 날 일에 대해 철저히 함구를 명했지만 이미 깨진 독에서 흘러 내리는 물줄기를 막을 수는 없었다.

─천야차가 당명금을 격살했다.

소문의 진원지가 확실하다 보니 그 소문은 강호의 명사들 이 확인하기도 전에 일파만파(一波萬波)로 퍼져 나갔다. 강호의 무인들은 소림에 우려를 표했다. 무림의 태산북두나 다름없는 소림의 제자가 비록 파문당했다 해도 이처럼 엄청난 사건을 저지를 줄 몰랐다는 말이 흘러나왔다. 민심이 세차게 흔들렸 다.

"이대로 괜찮겠습니까?"

정작 소문의 진원지이자 이번 일을 저지른 법륜은 태연했 다. 그의 옆에 선 장산만이 안절부절못하며 법륜을 채근했다. 장산의 걱정은 당연한 일이었다. 그가 애초에 법륜의 휘하로 들어가려고 한 이유가 무엇이던가.

검마 장요라는 이름 때문이었다.

그의 후손이자 후인인 장산이 강호에 발을 붙이려면 그 악명부터 떨쳐내야 했는데 법륜은 사숙의 복수를 위해 오히려 악명을 쌓았다.

"괜찮습니다."

법륜은 장산을 다독였다.

뒷일을 걱정했다면 그 자리에서 당명금을 격살하지 않았을 것이다. 법륜은 티끌만큼도 걱정하지 않았다. 사숙의 죽음은 충격적이었지만 받아들이지 못할 일은 아니었다. 여립산의 시신을 보고 그 자리에서 분노를 터뜨렸지만 법륜은 빠른 속도로 안정을 되찾았다.

'이래서는 안 된다.'

법륜이 걱정하는 바는 강호의 소문도, 세간의 평도 아니었다. 그의 성정이 문제였다. 강호에 나와 그 누구보다 의지하고 도움을 받은 사람이 여립산이다. 사숙의 시신을 묻고 이제 고작 열흘이다. 범인이라면 아직 슬픔에 잠겨 있어야 할 때, 법륜의 마음은 어느새 요동치던 물결을 잠재우고 고요하기 그지없었다.

법륜은 장산의 채근에 눈을 감아버렸다.

'예지의 능이 문제인가, 그도 아니라면⋯⋯.'

예지의 능으로 여립산의 죽음을 보았기 때문인지, 그도 아니라면 날이 갈수록 새로운 경지를 밟고 올라서는 무공이 명

경지수(明鏡止水)와 같은 상태를 유지하게 만드는지 알 수 없는 일이었다.

단 하나.

법륜이 받아들일 수 없는 것은 여립산의 죽음이 이제는 그에게 큰 파문이 될 수 없다는 것이다. 그래서이다. 법륜이 여립산을 땅에 묻고 재빨리 청해로 걸음을 옮기는 것은. 그것이 도리가 아닌 줄 알지만 그럼에도 어쩔 수 없는 것이 있었다.

법륜의 무공이 문제였다.

이제는 인간이라 부르기에 너무 높은 곳까지 오른 그 무공이 흔들리지 않는 부동심을 만들어냈다. 그 부동심이 한 치의 흐트러짐도 없게 만들었기 때문이다. 당명금에 관한 것도 마찬가지이다.

당명금은 법륜이 만나본 노강호 중 손에 꼽을 정도로 강한 자였다. 게다가 당군자라는 별호와 이번 사태에 대한 수습을 통해 그의 성정을 어느 정도 들여다보지 않았는가.

'이래서는 살귀와 다를 바 없지 않은가.'

고요하게 가라앉은 두 눈 속에 소용돌이가 쳤다.

당명금의 제안은 확실히 의외였다.

그는 스스로 가문의 혈맥과 위세를 지키고자 그런 조건을 내걸었다 말했지만, 법륜은 다르게 받아들였다. 은혜는 두 배로, 원한은 열 배로 갚는다 했던가. 당명금은 당가의 가훈을 송두리째 깨버렸다. 그 파격 속에서 법륜이 느낀 것은 다름 아닌 배려였다.

그 누구도 아닌 자신에 대한 배려.

본산의 사숙들과 사조들을 제외하고 언제 그런 호의를 받아보았던가. 처음 그가 소림을 입에 담았을 때, 법륜은 격노했다. 사정을 알지도 못하는 자가 감히 끼어들 수 없다 생각했기 때문이다.

하지만 법륜은 당명금이 순순히 목숨을 내놓았을 때 깨달았다. 그가 보여준 것이 배려였다는 것을. 당가와의 원한도 원한이지만, 소림의 제자로서 더 이상은 안 된다고 선을 그어준 것이다. 그래서 법륜은 봉문의 조건을 내걸었다.

"어쩌다 이렇게 되었는지……."

법륜이 걸음을 멈추고 홀로 중얼거리자 장산이 영문 모를 표정을 지었다.

"아니, 괜찮다고 하지 않았습니까?"

장산이 투덜거리며 반문하자 법륜은 쓴웃음을 지었다. 그런 것을 걱정한 것이 아닌데. 법륜은 장산을 다독였다.

"괜찮다고 한 것은 맞습니다. 지금이야 민심이 세차게 흔들리겠지만 세상은 우리보다 당가의 봉문에 더 집중할 겁니다. 게다가 연이은 줄초상이니 당가에서도 이 일을 부풀리기보단 내부적으로 수습할 가능성이 더 클 겁니다."

장산은 법륜이 확정적으로 말하자 혀를 찼다.

"허참, 그 상황에서 그런 계산까지 했습니까?"

법륜이 고개를 저었다.

"그런 적 없습니다. 혹여 그렇게 보였습니까?"

"그렇게 보이지 않았다면 그게 더 이상한 일이겠지요. 산에서만 살았다면서 언제 그런 귀계를 배우고 행했는지 순간 의심이 들 뻔했습니다."

장산은 고개를 절레절레 내저은 후 말을 이었다.

"당가의 봉문, 정녕 그것으로 괜찮겠습니까?"

"괜찮습니다."

"아니요. 주, 주군… 의 마음이 괜찮으시겠냐는 겁니다."

장산은 주군이라는 호칭이 입에 익지 않은 듯 뒷머리를 긁적였다. 법륜 또한 갑작스러운 일격에 허를 찔린 표정을 지었다.

"이것으로 된 겁니다. 그렇게 생각해야지요. 비록 직접적인 원한은 갚지 못했지만… 그걸로 됐습니다."

"후우, 복수란 그런 것이 아닙니다. 마음 내킬 때까지 풀어야 하는 게 복수란 말입니다. 이대로 가슴속에 담아둔다면 언젠가 반드시 심마를 부를 겁니다. 백호방주를 문득문득 떠올릴 때마다 생각이 나겠지요. 저는 그것이 걱정이군요."

법륜은 장산의 말에 심적으로 동의했다. 다만 그 말을 입밖에 내지는 않았다.

"괜찮을 겁니다. 저는 그렇게 무르지 않습니다."

괜찮을 것이다.

이미 그의 마음속 파문 한 점 없는 고요함이 그것을 말해 주지 않는가. 한평생 무공을 익혔다. 인간지도(人間之道)라는 것을 따로 배우진 않았다. 그것은 살면서 자연스럽게 체득하는 것이니까. 그렇다면 자신은 그 인간지도라는 것을 진지하게 생각해 본 적이 있던가. 법륜은 고개를 저었다.

법륜은 두 손을 들었다.

깨끗이 씻어낸 두 손이 보였다. 손바닥과 손가락, 손등 할 것 없이 굳은살과 상처로 아로새겨진 두 손이 보였다. 무공만 보고 무공만을 익히며 살아왔다. 이립이 다 되어가는 나이에 손에 쥔 것이 무공뿐이라니, 참으로 허탈하기 그지없었다.

고뇌에 빠진 법륜을 봤는지 장산이 물어왔다.

"무엇이 문제입니까?"

"당신은 무엇을 위해 무공을 익혔습니까?"

장산은 그게 무슨 뚱딴지같은 소리냐며 고개를 갸웃거렸다.

"무공을 왜 익혔느냐……. 그야 강해지기 위해서 익혔지요. 당연한 것 아닙니까?"

"아니요, 그런 것 말고 말입니다. 그 강해진 무공으로 무엇을 할 생각이셨습니까? 천하를 독보하고 그 누구보다 강한 권세와 금력을 쌓기를 바라셨습니까?"

"그것은… 아니었습니다만, 그저 좋았습니다. 내가 하루하루 달라진다는 것 자체가. 왜요? 이제 와서 후회라도 생기셨습니까?"

"나는 강대한 무력을 손에 넣었습니다. 처음에야 잘 몰랐지요. 손에 쥔 무공이 그렇게 강력한 것이었는지, 누구나 바라는 희대의 무공이라는 것도 몰랐습니다. 그저 주어지기에 익혔고, 지금의 위치에 올라섰습니다. 지금의 나는… 목표를 잃었어요. 무엇이든 할 수 있다는 생각이 들지만 무엇을 해야 할지 모르겠습니다."

장산은 혀를 찼다.

순박한 인사인 것은 알았지만 이렇게까지 어리석은 생각을 하고 있는지는 몰랐다.

"허, 말도 안 되는 소리를 하고 계시는군. 이보십시오. 당가의 태상가주를 격살하고 봉문에 들게 한 그 패기는 어디로 가셨소이까? 뭐요? 목표? 무엇을 해야 할지 모른다? 그럼 왜 지금 대체 청해로 가고 있소?"

"그것은……."

청해로 가는 이유.

당연했다. 그곳엔 법륜의 오랜 구원이 있으니까. 십 년에 가까운 세월이다. 법륜은 아차 하는 생각을 지울 수 없었다. 여립산과 약속하지 않았던가. 사천에서 힘을 기르고 마신을 격살(擊殺)하겠다고.

"주군, 주군은 모르는 게 아닙니다. 비겁하게 도망치려 하지 마시오. 청해엔 마신이 있지 않습니까?"

"그래, 그렇지. 그가 청해에 있어."

법륜은 감상에라도 빠진 사람처럼 중얼거렸다.

"그래요. 나는 사숙과 약속했습니다. 힘을 길러 마신을 죽이겠다고. 그거면 되겠군요. 미안합니다. 답답하게 굴어서."

"이제라도 아셨으면 됐습니다. 누구보다 가까운 친인을 잃었으니 그러는 것도 당연합니다. 다만 지금부터는 망설이지 마십시오. 그리고 어쭙잖은 존대도 그만두시고. 지금부터는 그냥 검마(劍魔)라 부르시오."

"검마라……. 괜찮겠소?"

의외의 대답에 법륜이 눈을 빛냈다.

검마의 이름을 잇는 것은 상당한 부담을 지는 일이다. 그럼에도 장산은 흔들림 없는 모습을 보여주었다.

"물론이지요."

두 사람의 걸음이 빨라졌다.

*　　　　　*　　　　　*

청해는 지금 격변의 시기를 맞고 있었다.

혼란스러운 상황이다. 곤륜의 입김을 받은 절검문을 필두로 청해를 지배하던 청해오방 중 금촉상단이 박살 나고 절검문의 위세가 땅으로 떨어졌다. 강무길은 그 힘겨운 시기를 헤쳐 나가기 위해 안간힘을 쓰고 있었다.

"이런 젠장! 어째서 이딴 정보밖에 들어오지 않는 거지?"

강무길이 받은 전서구에 매달린 정보.

그것은 낭보가 아닌 비보만이 가득했다.

마군(魔軍)이 기련산에 펼쳐진 사방의 경계망을 뚫고 활동 중. 기련마신 정고가 직접 움직이기 시작함. 억제를 위해 무광자의 무력 필(必).

강무길은 손에 든 전서를 바닥에 집어 던졌다.

마군의 활동을 막는 것에도 여력이 없었다. 상황이 좋지 않았다. 구양세가가 금촉상단을 박살 낸 뒤, 아직 그 자리를 대체할 만한 수단이 없었다. 정확히는 금력을 보충해 줄 집단이 없었다.

신뢰를 잃었기 때문이다.

청해오방은 전적으로 절검문의 의지 아래 놓인 연맹체. 그

연맹체 내에 속한 상단이 풍비박산이 났으니 아무도 그 자리에 들려 하지 않았다. 게다가 기련산의 마군들은 그 무공이 갈수록 늘어만 갔고, 무광자 호연광은 쉴 새 없이 기련산을 뛰어다녀야만 했다.

그때 강무길이 서 있는 창가로 새로운 전서구 하나가 날아들었다.

지급(至急).

강무길은 급히 전서구의 다리에서 서신을 꺼내 들었다. 그 소식이 낭보이길 빌면서. 순간 서신을 읽는 강무길의 얼굴이 괴상하게 변했다.

천야차 법륜 청해 입(入). 동행 신원 불명. 등 뒤에 검집 없이 거검(巨劍)을 메고 있음. 확인 요망.

* * *

법륜과 장산은 청해성의 주도 서녕에 들어서자마자 전서방(傳書房)을 찾았다. 각 문파에서 심혈을 기울여 키우는 전서응이나 전서구만큼은 아니지만 전서방의 비둘기들도 중원

전역을 누비며 서찰을 전달할 정도는 되었다.

법륜은 값을 치르고 전서를 날렸다. 목적지는 소림의 본산이 있는 하남이었다. 전서구가 하남의 전서방에 도착하면 인편으로 태영사에 서신을 전할 터이다. 그래, 그것이면 되었다. 법륜은 그렇게 생각했다.

"이제는 해야 할 일을 해야지."

하지만 법륜은 스스로 생각한 바를 이루지 못했다.

그를 찾아온 손님 때문이다. 절검문의 문주, 운룡쟁검이라 불리는 절정의 검사(劍士) 강무길이 찾아왔다. 강무길의 안색은 거무죽죽했다.

"오랜만이군요."

강무길은 법륜을 보며 선뜻 하대를 할 수 없었다. 현재 법륜이 가진 위치가 어떠한지 그 누구보다도 잘 알기 때문이다. 그가 청해성에 들어선 이유 또한.

"그렇군요."

법륜이 포권을 취해 보였다.

그 또한 강무길의 입장을 이해했다. 그로서는 자신의 존재가 굉장한 부담이리라. 오래전 마신에게 일격을 먹인 자, 소림의 망나니 파문 제자, 당가를 봉문에 들게 하고 북상한 불세출의 고수. 그 어떤 수식어로도 법륜을 전부 표현할 수는 없었지만 강무길은 부담을 느껴야 한다.

"우리 사이에 구태여 여러 말을 할 필요는 없으리라 생각하오. 청해성에는 왜 다시 발을 들이셨소?"

강무길은 눈앞에 있는 법륜을 빠르게 치우고 싶었다는 듯 속사포로 말을 붙였다. 옆에서 법륜과 강무길을 지켜보던 장산은 기분이 확 나빠졌다.

"그것을 그쪽에 일일이 보고해야 하나? 주군과는 구면인 듯한데, 그래도 그건 예의가 아니지."

강무길의 눈썹이 꿈틀거렸다.

청해오방의 결속이 무너지며 거듭 손해를 보는 상황이지만 누구인지도 모를 무명소졸(無名小卒)에게까지 하대를 당할 상황은 아니다.

"주군이라……. 그대의 주군과 이야기를 나누는데 수하가 끼어들다니, 언어도단(言語道斷)이다. 내가 예의를 갖추기를 원한다면 그쪽부터 그럴듯한 예의를 차리라."

"운룡쟁검이라지? 얼마나 잘 싸우는지 한번 보아야겠다."

장산은 금방이라도 등 뒤에 걸린 거검을 꺼내려는 듯 움직였다. 어깨 위로 불쑥 솟아오른 검병에 손을 얹자마자 강력한 살기가 불어닥쳤다.

"검마, 그만. 손님이다. 그리고……."

법륜은 장산의 앞으로 나서며 강무길을 무심한 눈으로 노려봤다.

"절검문주, 예의를 갖추라? 그쪽이 할 말은 아니지. 청해에
발을 들이고 말고는 내가 결정할 일이다. 그쪽이 상관할 일이
아니야. 그리고 우리가 서녕에 들어서자마자 이렇듯 찾아온
다? 감시를 했다는 말인데, 우리가 무엇을 잘못했지?"

법륜이 한 걸음, 한 걸음 옮기며 사납게 몰아붙이자 강무길
은 꿀 먹은 벙어리처럼 입을 다물었다. 답할 말이야 찾자면 수
도 없이 많겠지만 그랬다간 꼴만 사나워진다. 이럴 때는 그저
한발 물러서는 게 이득이다.

"그것은 실례했군. 그 점에 대해서는 사죄드리겠소. 허나 우
리가 이렇게까지 신경을 곤두세우는 것도 이해해 주시오. 청해
의 턱밑이 바로 사천이오. 순망치한(脣亡齒寒)이라… 우리가 없
으면 사천 사람들의 이가 제법 시린지라 서로 이런저런 끈을
많이 만들어둔다오. 도대체 사천에서 무슨 짓을 저지른 게요?"

법륜은 단호하게 고개를 저었다.

"그것은 그쪽이 알 필요는 없는 일이지. 지금 절검문에 중요
한 것은 따로 있지 않은가?"

강무길은 법륜의 물음에 쉽게 답을 할 수 없었다.

법륜은 청해성의 마신에게 패퇴한 뒤 단 한 번도 청해에 발
을 들이지 않았다. 그런 자가 절검문에 중요한 일을 따지고 든
다. 과연 알고 있을까? 절검문을 떠나 청해성의 무인들에게
지금 당장 필요한 것이 무엇인지.

강무길은 속에서 분노가 치솟았다.

법륜에 대한 분노였다. 제 사정이 좀 좋다고 해서 남의 상처를 들쑤셔도 되는 건 아니다. 그런데 법륜은 그 상처를 서슴지 않고 들쑤신다. 청해성에 필요한 것, 그것은 간단했다. 청해성엔 무인이 필요했다.

'그것도 진짜 무인……'

청해오방을 움직여 마군의 움직임을 어느 정도 제어할 수는 있지만, 결정적인 한 수가 부족했다. 바로 기련마신이다. 기련마신 정고는 무광자라고 해도 쉽게 막을 수 없다. 전날 무광자 호연광이 기련마신을 상대로 버텨내 목숨을 부지할 수 있었던 것은 법륜이 입힌 상처와 백호방주 여립산이 그의 힘을 소모시킨 덕이 컸다.

'가만, 백호방주?'

강무길은 스스로 생각을 정리하다 온몸에 소름이 돋았다.

백호방주 여립산이 개입되어 있다면 사천성의 사달도 충분히 이해가 된다.

"여, 여 형이… 그는 도대체 어떻게 되었소?"

강무길은 떨리는 음색으로 입을 열었다.

그래서는 안 된다. 여립산은 그렇게 갈 정도로 약하지도 않았고 배경도 약하지 않았다. 그를 쓰러뜨릴 수 있는 자는 강호무림에서 손에 꼽아야 할 터이다. 그런데 그런 법륜의 옆에 여립산이 없다?

그것은 안 될 말이다.

그가 없다는 것은 그가 죽었다는 뜻과 동일하다. 강무길은 도저히 그 사실을 믿을 수 없었다. 언제나 바라지 않았던가. 그와 같은 무인이 한둘만 더 청해성에 있었다면 마군을 도륙하고 마신을 몰아낼 수 있을 거라고.

법륜은 강무길의 의문에 고개를 천천히 끄덕였다.

그는 사숙과 친분이 있어 호형호제를 마다하지 않던 자. 그의 죽음에 관해 숨기는 것은 있을 수 없는 일이다. 이미 강호의 호사가들이 당가의 봉문을 두고 왈가왈부하지 않는가.

얼마 뒤면 전 중원이 알게 될 일이기에 섣부른 거짓말은 상황을 더욱 악화시킬 것이다. 다만 법륜은 강무길의 의문을 상세하게 풀어줄 필요성은 느끼지 못했다. 그저 그의 죽음을 전해주면 그만이다.

"사숙은 당가의 손에 목숨을 잃으셨소. 나는 복수를 했고, 이제 남은 구원(仇怨)을 정리하려 하지. 청해오방, 아니, 절검문이 필요한 것이 있다면 그것 아니겠소?"

강무길은 여립산의 죽음에 큰 충격을 받았다.

그리고 법륜이 구원을 정리하려 한다는 말에 더 큰 충격을 받았다. 구원이라……. 기련마신은 그렇게 한마디로 정리될 정도로 녹록하지 않다. 과연 그가 할 수 있을까?

"정녕… 정녕 가능하겠소?"

법륜은 확답을 하지 않았다.

과거 기련마신 정고와 붙었을 때 법륜은 그의 바닥을 보지 못했다. 되레 그의 바닥을 본 것은 사숙 여립산이다. 경계를 서는 청해오방의 무사들을 이끌고 그에게 한 칼을 먹인 뒤 내력을 바닥까지 소진시켰다. 그 대가로 여립산은 한쪽 눈을 내놓아야 했다.

누군가는 말하리라. 귀신같은 마신에게 한쪽 눈을 잃고 도주한 것만으로도 그의 무공은 충분히 뛰어나고 빛났노라고. 법륜은 쟁쟁한 위명을 지닌 기련마신의 죽음을 말했다. 그것도 단호한 어조로.

"붙어봐야 알겠지. 하지만 이젠 뒤로 돌아서기엔 너무 멀리 왔어. 이번 싸움에서는 누가 죽더라도… 반드시 죽는다."

법륜과 장산은 강무길을 뒤로한 채 산을 올랐다.

언젠가 인사불성이 되어 사숙의 등에 메여 내려간 그 산이다. 법륜은 오늘따라 고통스러워 눈을 감지 못한 사숙의 얼굴이 계속해서 생각났다.

'사숙, 그때의 그 은혜를 다 갚지도 못했는데… 은원(恩怨)을 남긴 곳에 저 혼자 왔군요. 오늘 이 자리에서 은도 원도 모두 갚고 털어버리겠습니다.'

강무길은 법륜을 막지 못했다.

여립산의 죽음이 충격도 충격이었거니와 마신을 격살하겠다고 단언하는 젊은 용의 패기에 뒷걸음질 쳤다. 강무길은 고개를 저었다. 아니다. 이제 법륜은 젊은이들에게나 붙이는 '용'이라는 단어를 붙여 부르기에 너무 멀리 나아갔다.

'소림의 제자 아닌 제자. 그 누가 되었든 마신을 격살한 천야차를 용이라 부르지 못하겠지. 후후, 그는 이미 대공(大功)을 이루었구나. 그는 신승(神僧)이다. 좋건 싫건 그는 앞으로 신승이라 불릴 거야.'

강무길은 온몸에 소름이 돋는 것 같았다.

무인의 역사를 새로이 써 내려가는 젊은이의 뒷모습에 자신이 한없이 작은 존재처럼 느껴졌다.

"아차, 이럴 때가 아니지."

강무길은 법륜이 걸어 올라간 길의 반대편으로 걸음을 옮겼다. 만일 신승이 오늘 마신을 격살한다면 청해성은 혼돈의 도가니로 빠져들 것이다. 그 혼란을 수습해야 할 책무가 강무길에게는 있었다.

＊　　　　＊　　　　＊

"이대로 괜찮겠습니까, 주군?"

장산은 법륜의 뒤에서 말없이 걸음을 옮겼다.

처음엔 그의 옆에 나란히 서겠다고 온갖 시위를 했는데, 이제는 그의 등만 보고 쫓아가고 있다. 수하로서 의지가 되지는 못할망정 그의 행보에 담긴 무수한 의미를 하나도 이해하지 못하고 있었다.

"괜찮소. 절검문주는 뛰어난 사람이니. 그러니 사숙께서도 호형호제를 하셨지. 그 마지막 만남이 비록 조금 비틀렸다고는 하나 그는 해야 할 일을 아는 자요. 아마 알아서 준비하겠지."

장산은 강무길에 대해서 몰랐다.

더욱이 법륜의 과거에 대해서도. 법륜이 강무길과 안면이 있다는 것은 알았지만 백호방주와도 그렇게 깊은 연이 있는 줄은 몰랐다. 그렇기에 끼어들었다.

법륜의 너른 등판이 보인다.

처음 장산 자신을 납득시키겠다던 젊은이는 이제 더는 쫓아갈 수 없는 걸음으로 내달리고 있었다. 익숙해져야 한다. 그래야만 조금 더 가까운 거리에서 보고 듣고 느낄 수 있었다.

"아까 우리가 저자에 들어서자마자 사람들은 경계하는 기색을 감추지 않았습니다. 민심이 흉흉하다는 이야기지요. 낯선 얼굴이니 이해한다 치더라도 그만큼 상황이 좋게 보이지는 않습니다."

"잘 보셨소. 마군은 분명 만만치 않을 거요. 그러니 절검문주가 필요하지."

"그를 믿으십니까?"

"믿어야 하오. 그래야만 마신을 죽일 수 있을 테니까. 그렇지만… 생각한 대로 되지 않아도 상관없소. 나에게는 믿을 만한 사람이 있으니."

"그 말은……?"

"나에게 믿을 만한 사람. 누구겠소? 검마 당신이오. 마신의 끝을 본 적이 없으니 나도 쉽게 승부를 자신할 수 없소이다. 그러니 마군을 막아주시오. 검마 선배의 진전을 다 이은 것을 알고 있으니 충분할 거요."

장산은 법륜이 자신을 철석같이 믿자 감격했다.

무인이 등을 맡긴다는 뜻은 목숨을 맡긴다는 것과 다르지 않다. 법륜은 장산에게 목숨을 맡겼다. 오로지 마신 한 사람을 잡기 위해서.

두 사람은 천천히, 하지만 되도록 싸움을 피할 수 있는 길을 골라 기련산을 올랐다. 불필요한 살인을 할 필요가 없다고 생각해서였다. 두 사람이 산 중턱쯤에 올랐을 때, 산 밑에서 거친 함성과 병장기 부딪치는 소리가 들려왔다.

법륜과 장산은 동시에 눈을 빛냈다.

'시작됐다.'

지금부터는 속도전이다.

법륜과 장산, 누구라고 할 것 없이 두 사람은 신법을 전개해 최단 거리로 마선의 거처로 진격했다. 산 아래에서 싸움이 벌어지고 있는 이상 신경 쓸 것은 단 하나뿐이다. 죽고 죽이는 싸움. 법륜이 가장 먼저 선택했고, 가장 고대하던 싸움. 오로지 그만의 싸움이다.

그의 대적(大敵)이 눈앞에 서 있다.

기련마신(祁連魔神) 정고.

그는 그 혁혁한 위명에 걸맞지 않게 초라한 모옥 앞에 서 있었다. 산의 초입이 시끄러울 때부터, 아니, 그는 어쩌면 법륜이 청해로 들어서면서부터 그가 왔다는 사실을 느끼고 있었는지도 모른다.

그렇기에 그는 거처로 삼은 작고 초라한 집 앞에 나와 있었다. 몇 년 전 보았을 때보다 그는 더 거대해 보였다. 법륜은 그 사실을 깨달았다. 아니다. 그는 깨달은 것이 아니었다. 보지 못한 것을 보았을 뿐이다.

"명불허전(名不虛傳)!"

옆에 서 있던 장산은 단 한 마디를 내뱉은 후 입을 굳게 닫았다. 명불허전이라니. 그것은 위에 선 자만이 할 수 있는 말이다. 장산은 자격이 없었다. 하지만 법륜은 그런 장산의 말을 제지하지 않았다.

"과연… 하지만 의외로군."

법륜은 의외의 감정을 느꼈다.

기련마신 정고의 주변에는 그 누구도 없었기 때문이다. 그가 부리는 마군은 일당백까지는 아니더라도 일당십은 족히 해낼 무인들이다. 그렇다. 순박한 농군이 아니었다. 이제 그들은 무인이다. 무공을 수련한 기간이 길기도 했고, 그들을 가르친 사람은 무려 마신이라 불리는 남자다.

"차라리 잘되었군요. 제가 뒤를 보겠습니다."

장산이 고개를 주억거렸다.

마군이 주변에 없다면 그 또한 언제든 일검을 쳐낼 수 있었다. 장산은 법륜이 절대로 마신의 손에 죽을 리 없다고 믿었지만 만의 하나라는 상황이라는 게 있는 법. 장산은 등에 멘 거검을 풀어 땅 깊숙이 박아 넣었다. 언제든 그 검을 빼 들고 달려 나갈 수 있도록.

법륜은 장산을 뒤로한 채 상념에 잠겼다.

이제 곧 종착역에 도달한다. 그가 그토록 염원하던 마지막 순간이다. 다만 한 치 앞도 예측할 수 없었다. 법륜 또한 느꼈기 때문이다. 저 평범해 보이는 체구에서 뿜어져 나오는 거력을. 정말이지 명불허전이라는 말밖에 할 말이 없었다. 법륜은 스스로가 그렇게 말할 자격이 있는지 잠시 생각했다. 확실히 우위에 서 있는가, 아니면 여전히 그 뒤꽁무니를 쫓고 있는지. 그 생각 자체가 문제였다.

'내가 뒤를 생각하고 있었군.'

법륜은 살길을 찾고 있는 자신을 발견했다.

기련마신은 한눈에 보기에도 쉬워 보이지 않았다. 그를 넘어선다는 것은 청해를 넘어 전 중원에 자신을 알리는 것과 같다. 결국 천하(天下)다. 십대마존 중 일인을 격살하면 얻을 수 있는 것은 천하에 이르는 명성이다.

하지만 법륜이 원하는 것은 천하가 아니다.

그는 복수를 원했다. 스승이자 아버지 무허 대사의 복수를 원했다. 그렇기에 이 멀고도 긴 길을 걸어왔다. 오로지 무공 하나에 의지해서 걸어왔다.

"마신……."

법륜은 앞으로 천천히 걸어나갔다.

그 걸음은 점점 빨라졌다. 걷는다 싶을 때 법륜은 이미 뛰고 있었으며, 뛰었다고 생각했을 때는 이미 마신의 지척에 도달했다.

법륜은 일수를 짧게 끊어 쳤다.

"정고!"

법륜의 쩌렁쩌렁한 외침과 함께 파공음이 일었다.

파아앙!

철탑신추다.

과거 미숙하던 모습은 그 어디에도 없었다. 원숙의 경지에 이른 추법이 순식간에 기련마신의 양쪽 어깨를 노리고 쏟아졌다. 정고는 법륜의 기습적인 공격에 간단하게 대응했다. 한발 뒤로 물러서는 것, 그것이 정고가 한 행동의 전부였다.

휘이잉!

법륜이 양손을 허공을 짧게 끊어 치고 회수한 채 정고를 노려봤다.

"오랜만이군."

의외로 담담한 음색이 산중을 울렸다.

정고는 법륜을 생각보다 차분하게 맞이했다.

"그래, 오랜만이야."

법륜 또한 가볍게 그의 인사를 받았다.

서로의 목숨을 노리는 생사대적이지만 그 둘은 서로를 예우했다. 그럴 자격이 충분했으니까. 정고는 법륜의 등 뒤로 멀리 보이는 장산을 보고 나직하게 말을 걸어왔다.

"저번에 본 호랑이는 안 보이는군. 목을 부러뜨리지 못하고 눈을 빼앗았는데 이번에는 다른 자가 왔군. 저놈의 눈도 조심하는 것이 좋을 게야."

법륜은 정고의 담담한 도발에도 큰 흥분을 느끼지 못했다.

이미 싸움을 시작했기 때문이다. 싸움을 시작한 이상, 목숨을 건 이상 흥분은 금물이다. 그 어떤 것을 건드려도 가장 먼저 배제해야 할 것이 흥분이다. 실제로 법륜은 정고의 도발에 그 어떤 감상도 느낄 수 없었다. 그의 부동심(不動心)이 철벽처럼 법륜의 심상을 보호한 탓이다.

"그분을 거론하지 말라. 그분은 이미 이 세상 분이 아니시니."

"호오, 쉽게 죽을 것 같지 않더니… 결국 그리 갔나? 그것은 참 안타까운 일이군."

정고는 진심으로 여립산의 명복을 빌었다.

그가 맞상대한 무인 중에 손에 꼽히는 자였다.

"다시 한번 손속을 겨뤄보고 싶었는데, 자네로 만족해야겠군."

법륜이 고개를 끄덕이며 입을 열었다.

"그래야지. 그러려고 온 것이니. 그리고 오늘이 당신의 마지막 날이 될 터, 하고자 하는 말이 있다면 지금 하라."

정고는 장포 자락을 뒤로 젖혔다.

강력한 진기가 풀려나오며 세찬 바람이 부는 것처럼 펄럭였다.

"그럴 필요가 있나. 내가 죽이고자 한다면 너는 죽어. 그것이 이 기련산에서 마신으로 군림하는 내 위용이고 뜻이다. 오라, 소림의 승려여."

정고가 선언하며 진기를 끌어내자 법륜도 이에 질세라 금강령주를 진동시켰다. 황금빛 서기와 폭풍같이 앞을 볼 수 없는 검은 기운이 충돌했다. 두 기파가 충돌하자마자 굉음이 일었다.

"간다."

법륜의 신형이 거침없이 전진했다.

역시나 서전은 천공고다. 법륜은 마치 과거로 돌아간 것 같았다. 그때도 똑같았다. 그는 도전하는 자다. 그렇기에 선공을 취한다. 막강한 일격으로 기세를 잡고자 했다.

다른 것도 있다.

그때의 공격이 죽음을 도외시한 공격이었다면 지금은 대등한 위치에 서서 선수(先手)를 차지하려는 심산이다. 그렇기에 그 어느 때보다 강력한 진기를 어깨에 실었다.

정고는 휘날리는 장포 자락을 뒤로한 채 왼발을 뒤로 물렸다. 무게중심을 달리 잡은 것이다. 과거의 법륜이 쳐낸 일격이었다면 그저 제자리에 선 채로 막아냈을 공격이지만, 지금의 천공고는 기련산의 마신마저도 전력을 다해야만 승산이 있을 정도의 위력이다. 정고는 양손을 들어 전력을 다한 장력을 떨쳐냈다.

절금장(絶金掌)은 여전히 강력했다.

법륜이 전력을 다한 천공고를 가볍게 부수고 들어왔다. 그 말은 법륜이 펼친 진기의 방벽을 가르고 장력이 치고 들어왔다는 말과 일맥상통한다. 아직 내력의 수발이 마신보다 단단하지 않다는 증거이다.

하지만 법륜은 결코 당황하지 않았다.

이만큼도 예상하지 못했다면 마신과 싸울 자격이 없다. 오히려 이 정도도 못했다면 그토록 먼 길을 걸어오지 않았으리라. 이렇게 강하기에 고련의 시간을 보내온 것이다. 결코 그 시간이 헛되지 않았다.

'아직.'

내친 어깨에 절금장의 내력이 닿을 때쯤 법륜은 몸을 회전시키며 중심을 앞으로 잡았다. 그 모양새가 마치 목표를 향해 달려 나가는 경주마 같았다. 몸이 한 바퀴 회전해 앞으로 쏠리자마자 무릎을 튕겨 허공으로 치솟는다. 그리고 이어지는 송곳같이 날카로운 십팔강격(十八强擊).

정고는 법륜의 공격을 막아내며 재미있다는 듯 웃었다.

"이게 다인가? 그렇다면 실망인데. 그때와 다를 것이 없어. 내력은 확실히 강력해진 것 같다만 수준이 이 정도라면 더 볼 것도 없이 그만 죽어야지."

정고가 허공에 머물다 지상으로 내려서는 법륜을 향해 발을 차올렸다.

쏴악!

절금장이다. 아니, 절금각이라 불러야 옳다.

백 번을 담금질했다는 백련정강(百鍊正剛)도 단숨에 끊어내는 절금장이다. 그런 절금장에 담긴 상승의 묘리를 각법으로 풀어낸 것이다. 날카로운 경기가 법륜을 향해 일직선으로 쏘아졌다.

법륜은 허공에서 땅으로 내려서는 그 짧은 시간, 정고를 보며 한 가지를 확신했다. 그는 초식을 잊었다. 전에도 느낀 것이지만 더욱 확실하게 다가섰다. 초식과 투로는 잊은 채 무리만을 담아낸다. 그래서 더 무서웠다. 반대로 그래서 무섭지 않았다. 초식의 형(形)을 버리고 무리를 좇아 움직임에 담아낸 것은 법륜도 마찬가지였으니까.

법륜은 쏟아져 오는 절금각을 향해 허공에서 마주 발을 휘저었다. 사멸각의 이초 해일(海溢)이다. 허공에 채류한 채 펼쳐낸 각법이라 위력은 확실히 부족했으나, 기련마신이 처올린 각법을 막을 정도는 되었다.

법륜은 거기에서 그치지 않았다. 땅에 내려서자마자 재차 땅을 쓸었다. 사멸각 일초 보검난파다. 발끝에 실린 강기로 칼을 쏘아낸 뒤 오른손을 뻗어 마관포를 먹였다. 손끝에 실린 금기가 포탄처럼 쏘아졌다.

엄청난 속사(速射)였다.

정고는 법륜이 보여주는 상상 이상의 반응 속도에 적잖이 놀랐다. 내력만 믿고 날뛰는 애송이라 생각한 게 불과 몇 년 전이다. 그 어떤 수라장을 거쳐 오더라도 과거 자신이 거쳐 온 전란보단 못하리라 생각했다. 그래서 그는 걱정하지 않았다.

'이거 잘못하면 목을 내줘야 할 판이로군. 쉽게 볼 수 없겠어.'

정고는 몸에 도는 진기를 고슴도치의 가시처럼 날카롭게 벼렸다. 백련환단공이 도도하게 흐르며 그의 의지에 반응했다. 이제 그의 몸 어느 곳을 스치더라도 날카로운 칼에 스쳐 나가듯 잘려 나갈 터이다.

"간다!"

정고의 두 손이 커다란 원을 그리며 보검난파의 맥을 휘저었다. 강기가 마신의 손에 휘둘려 애꿎은 곳을 때렸다.

콰아앙!

절벽에 부딪친 강기가 벽을 부수고 돌가루를 튕겨냈다. 정고는 비산하는 돌들을 잡아챘다. 그러곤 각법에 뒤따르는 마관포를 향해 돌들을 던져냈다.

한 개, 두 개, 세 개까지.

던져낸 돌들이 터져 나갔다. 기린마신이 던져낸 돌에도 막대한 진기가 실린 것은 당연지사. 무엇이든 뚫어낼 것 같던 마관포는 고작 조그만 돌 몇 덩이에 가로막히고 말았다.

"후우."

법륜이 참았던 숨을 내뱉었다.

촌각에 수십 번에 가까운 공방을 주고받았다. 천공고에서 야차구도살, 사멸각에 십지관천까지. 엄청난 공방이었지만 법륜과 정고 둘 모두 제대로 된 싸움은 아직 시작도 안 했다.

"무섭게 성장했군."

정고도 호흡을 가라앉혔는지 말을 건넸다.

그의 전신에는 아직 보검같이 날카로운 기운이 맺혀 있었다. 법륜의 몸에 맺힌 금빛 서기도 아직 꺼지지 않았다. 첨예한 대립, 백중세다.

아직까지는.

법륜은 기련마신 정고와 첨예하게 대립하는 와중에도 주변에 대한 경계를 늦추지 않았다. 기련마신이야 일대일의 승부를 결할 만했으나 그의 수하들인 마군은 다르다. 주인의 목숨을 위해 무엇이든 할 수 있는 자들. 이제는 청해사방이 된 청해의 거대 방파들이 시선을 끌고 있고 장산이 뒤를 봐주고 있긴 하지만 언제 들이닥쳐 방해할지 모를 일이다.

그렇기에 최대한 빠른 속도로 승부를 매듭지어야 했다.

금강령주가 다시 한번 진동했다.

방금 전에는 그저 탐색전이었다는 것을 보여주듯 풀려나오는 진기가 범상치 않았다. 마신 또한 그렇다. 온몸에 칼날처럼 솟은 진기가 더 맹렬하게 풀려나온다. 어느 누가 먼저라고 할 것도 없이 빠른 속도로 움직이기 시작하는 두 사람이다.

파앙!

파파파파팡!

둘 다 근접 박투에는 일가견이 있는 사람들이다.

지근거리에서 수십 번씩 손속을 주고 또 받는다. 법륜과 손속을 주고받으면서 정고는 놀라움에 휩싸였다. 불과 몇 년 전이다. 생명이 담긴 진원진기를 끌어내야 겨우 상대가 되었던 인사가 이젠 그 정도는 아무것도 아니라는 듯 팔과 다리를 뻗어오는데 그 위력이 강철로 후려치는 것 같은 위력이다.

'정말 많이 성장했군. 하지만 이게 전부라면……'

격전의 와중에 정고가 눈을 빛냈다.

그렇다. 이게 전부라면 놀랍기는 하지만 그뿐이다. 천야차는 결코 자신의 목숨을 취할 수 없으리라. 하지만 불안했다. 왠지 숨겨둔 날카로운 한 수가 있을 것 같아서이다. 코앞에 붙어 있는 법륜의 얼굴에서 아직까지 한 줄기 여유가 비치기도 했고.

"타핫!"

우렁찬 기합과 함께 정고가 손을 떨쳐 법륜을 밀어냈다.

지금까지 겨룬 것이 법륜의 수준을 알아보기 위한 것이었다면, 지금부터는 말 그대로 상대를 격살하기 위한 움직임이다. 정고의 움직임이 빨라졌다. 수도(手刀)로 곧게 세운 칼날이 법륜의 목을 노리고 날아들었다.

법륜은 큰 움직임을 자제하고 단타(短打) 위주로 무공을 전개하다 급작스레 목을 노리고 날아드는 수도를 철판교(鐵板橋)의 수법으로 재빠르게 피해냈다. 동시에 오른쪽 다리를 튕겨 발을 날려 똑같이 정고의 목을 노렸다.

'받은 대로 돌려준다.'

법륜은 차올린 발을 반동 삼아 물구나무서기로 뒤로 물러났다. 정고가 법륜이 차올린 각법을 고개만 뒤로 젖혀 피해내긴 했지만 아직까지는 충분히 할 만하다는 생각이 들었다. 기련마신이 아직 전력을 드러내기 전이지만 할 수 있다는 자신감이 붙었다.

"간다!"

법륜의 움직임이 거칠고 빨라질수록 정고의 손발도 점차 어지러워지기 시작했다. 서로 아직까지 이렇다 할 타격을 주지 못하는 상황임에도 불구하고 정고는 자신이 밀리고 있다는 생각을 지울 수 없었다.

'밀어낸다.'

정고의 좌장이 쏜살같이 뛰쳐나왔다.

이전의 격돌과 달리 막대한 경력을 품고 돌진한다. 일수에 뒤로 밀어버리겠다는 의도가 한눈에 보였다.

파아아아앙!

공기를 찢는 파공음과 함께 마신의 좌장이 법륜의 교차한 팔뚝을 강력하게 밀어냈다. 법륜의 얼굴이 고통으로 물들었다. 역시 작정하고 내치니 견디기가 쉽지만은 않다. 그럼에도 법륜은 고통을 억지로 참아내며 뒤로 몸을 빼지 않았다.

고수의 싸움이란 언제나 종이 한 장 차이이다.

한번 밀리기 시작하면 다시 주도권을 되찾기가 쉽지 않다. 그럴 경우에 할 수 있는 선택은 무리수를 두는 것뿐이다. 그렇기에 법륜은 물러서지 않고 돌격, 또 돌격했다. 십자로 교차해 정고의 좌장을 막아낸 양팔이 진동했다.

쌍수진공파의 경력이 실린 두 손이 허공을 휘젓는다.

팔 주변의 공기가 말려들어 가며 거친 굉음을 냈다. 법륜이 쉬지 않고 두 손을 내질렀다. 진공파의 경력에 물든 손이 정고의 방벽을 때릴 때마다 정고는 거친 신음을 속으로 꾹 삼켜야만 했다. 그도 잘 알기 때문이다. 싸움을 시작한 이상 밀려나면 그 뒤는 천 길 낭떠러지라는 것을.

그때, 절금장의 초식이 기기묘묘한 변화를 일으켰다.

강공 일변도의 공격으론 법륜의 방어 초식을 뚫어낼 수 없다는 판단이 섰기 때문인지 정고의 손이 기묘한 변화를 그려내기 시작했다. 정고의 쌍장이 수십, 수백 개로 불어나기 시작했다.

'환(幻)의 묘리(妙理)!'

진짜를 찾아야 했다.

하지만 그럴 필요도 없었다. 진짜든 가짜든 정고가 뿌린 장영(掌影)에 스치기만 해도 살이 터져 나가고 뼈가 부러질 테니까.

'결국은 다 쳐내는 수밖에 없겠다.'

법륜은 자신의 몸에서 가장 가까운 장영부터 지워내기 시작했다. 환의 묘리를 쾌(快)의 묘리로 응수했다.

타앙!

타아앙!

법륜이 두 주먹을 움직일 때마다 손바닥이 그린 그림자가 깨져 나갔다. 극한의 속도와 위력을 자랑하는 권경이 터져 나갈 때마다 정고의 손이 바빠졌다.

'괴물… 이 다 되었군.'

정고는 깨져 나가는 장영을 보면서 당황스러운 마음을 감출 수 없었다. 너무 오랜 세월을 산에 묻혀 살았는지. 근 몇 년을 청해오방과 드잡이하면서 보냈지만 절대의 위용을 자랑하는 고수와 겨뤄본 일은 손에 꼽는다. 무광자 호연광이 전부랄까.

그런 점에서 법륜은 정고보다 상대적으로 풍부한 경험을 가지고 있다. 몇 년간 거쳐온 길이 달랐다. 신군이라 불리는 구양백, 공동의 태허 진인은 물론이고 당가에서 암약하고 있던 독제까지. 모두가 방심했다간 한순간에 목숨을 잃게 할 만한 고수들이다.

법륜은 기묘한 감정을 느꼈다.

"이게 전부… 인가?"

정고의 안색이 붉어졌다.

생사대적을 앞에 두고 할 말은 아니지만 지금도 충분히 당황스러웠다. 이게 전부냐니. 여력이 없는 것은 아니지만 몇 년 전에 붙어 초주검으로 만든 애송이를 상대로 이런 치욕스러운 말을 듣다니.

"애송이, 감히……!"

"지금까지 보여준 것이 전부라면 실망스럽다. 아직 꺼내지 않은 것들이 더 있을 터. 이제부터 그것을 꺼내지 않으면 숨 몇 번 들이마실 시간에 땅에 눕게 될 거야."

법륜이 기세를 끌어 올리며 눈에 힘을 줬다.

몸 주변으로 강렬한 기파가 터져 나갔다. 그리고 만들어지는 수십여 개의 구슬. 금빛 광채를 뿜어내며 가느다란 기의 실로 이어진 염주가 세상에 모습을 드러냈다.

"염라주요. 받아보시오!"

법륜이 양손의 엄지와 검지 사이에 염라주를 걸고 세차게 당겼다. 올 테면 와보라는 듯 당당하기 그지없다.

"죽여주마!"

정고가 기합을 지르며 달려들었다.

불길했다. 눈앞에서 보는 기의 결정체가 똑똑히 느껴졌다. 얼마만큼의 응집력을 가지고 있는지도, 또 얼마나 큰 위력을 발할지도 순식간에 알아챌 수 있었다. 평생을 함께한 백련환 단공이 맥동하며 힘을 고조시켰다.

쩌엉!

정고가 온 힘을 다한 장력은 확실히 강력했다.

염라주로 받아내는 와중에도 법륜의 몸이 휘청거렸다. 지근거리에서 법륜의 두 눈과 정고의 두 눈이 마주쳤다. 한쪽은 고요한 신색을, 다른 한쪽은 불같은 분노를 담고 있다.

무도(武道)란 스스로 쌓아가는 것이라 했던가.

두 사람의 무공은 파멸적인 힘을 이루었고, 부딪치고 종국에 하나는 스러지리라. 그 사실을 두 사람은 직감했다. 마신이 진실된 힘을 드러낸 지금, 기세와 기파는 막상막하다.

휘이잉!

법륜이 염라주를 건 손을 휘돌리며 정고의 몸을 후려쳤다.

마신이 기의 방벽이 일어난 오른손으로 염라주를 막아냈다. 촤륵 소리와 함께 염라주가 손에 감겼다. 정고의 눈이 위험한 빛을 발했다.

강환은 기의 결정체.

진기의 밭[丹田]에서 떨어져 나와 독자적인 형태를 유지할 수 있다는 것은 참으로 놀라운 일이다. 그리고 천야차가 이렇게 많은 수의 강환을 만들어낼 정도로 내력이 두껍다는 점도. 하지만 천야차는 알까.

법륜이 가능한 일은 자신 또한 가능하다는 것을.

마신이 염라주를 감은 손에 힘을 주었다.

콰직!

작은 파열음이지만 법륜은 똑똑히 들었다. 무엇보다 단단하고 강력한 위력을 간직한 강환이 파열되었다.

'이런! 도대체 무슨 짓을!'

법륜이 염라주를 잡아당겼다.

염라주가 정고의 손에 감겨 있는 지금, 기의 실을 끊어서라도 회수하려는 움직임이다.

"늦었다!"

하지만 한발 늦었음인가.

정고가 자유로운 다른 한 손을 들어 내질렀다. 막강한 장력이 몸을 덮쳐왔다. 결국 법륜은 염라주를 포기했다. 손에 쥔 힘을 풀고 물러섰다. 정고의 장력을 맞받기엔 너무 가까운 거리였고, 완벽한 방어를 자신할 수 없어서이다.

'완벽한 방어… 라니!'

법륜은 뒤통수가 얼얼했다.

목숨을 내놓고 싸우는데 당연히 방어는 중요하다. 하지만 이렇게 실력이 종이 한 장 차이라면 방어보다 중요한 것은 언제나 공격이다. 마음을 다잡은 지 얼마나 되었다고 그렇게 자만했단 말인가.

자신도 보여주어야만 했다. 마신이 깜짝 놀랄 만한 파괴적인 한 수를.

법륜은 염라주를 놓고 물러서며 불광벽파를 끌어 올렸다.

완연한 금색 서기가 몸을 감싸고 세를 불려 나갔다. 절대의 방벽이다. 과거엔 어땠을지 몰라도, 지금 당장 그 어느 누가 와도, 심지어 포탄이 바로 앞에서 터져도 막아낼 수 있는 게 불광벽파다. 그럼에도 정고의 장력은 불광벽파를 밀고 들어왔다. 부수지 못하니 밀어버리는 것이다.

법륜은 뒤로 몸을 빼며 두 팔을 뻗어 마관포를 먹였다. 목표는…….

'어디지?'

정고는 법륜의 손이 겨눠진 곳을 다급히 찾아보려 했지만 한발 늦었다. 이미 쏘아진 마관포의 경력이 몸에 닿을 듯했다.

'안… 닿아……?'

애초에 법륜이 겨눈 것은 정고가 아니었다.

그의 손에 아직까지 감겨 있는 염라주가 목표였다. 마관포가 염라주에 닿자마자 금빛 물결이 진동했다. 그리고 터져 나갔다.

콰아아앙!

그 언제보다 강력한 폭발이었다.

염라주의 폭발은 생각한 것 이상으로 강력했다.

강환 하나만 폭발해도 엄청난 위력을 자랑한다. 그런 강환이 근접거리에서 수십 개나 폭발했다. 그 여력이 멀찌감치 떨어져 싸움을 주시하고 있던 장산에게까지 닿았다.

'이런… 미친……'

여전히 적응이 안 됐다. 저 괴물 같은 무력은. 마신 또한 대단했다. 그 혁혁한 악명이야 중원 천하에 가득했지만 주군으로 모신 법륜의 힘에는 미치지 못할 것이라 생각했는데 아주 큰 착각이었다.

강환이 폭발하면서 흙먼지가 자욱하게 시야를 가렸다. 그럼에도 흙먼지를 뚫고 느껴지는 마신의 가공할 기세란.

폭발의 반동에 튕겨져 나오는 기세만으로도 장산은 몸을 부르르 떨었다.

'그래, 이건 마치……'

어릴 적 산중의 왕 호랑이를 눈앞에서 목도했을 때의 기분이다. 절대적인 포식자의 기세. 그 기세에 한번 숨을 죽이고 몸을 수그리면 다시는 일어날 수 없다. 포식자인 육식동물 앞의 초식동물이란 그런 것이니까.

하지만 그렇지 않은 자도 있다.

아무것도 쥔 것 없는 초식동물에서 이빨을 갈고 발톱을 세워 스스로 포식자가 된 존재. 그리고 그 포식자는 자신의 주인이다. 장산은 인정했다. 주군으로 모셔도 언젠가 무에 정진

하면 그 뒷덜미를 잡아낼 수 있다고 생각했다.

지금은 아니다.

자신이 태산의 중턱쯤에 올랐다면 주인은 이미 태산의 정상에 올라 아래를 굽어보고 있었다. 그리고 그런 주인을 모시는 것도 언제가 될지 모를 삶의 이정표에 꽤 커다란 재미가 될 수 있을 것이라 생각했다.

"부디… 이겨내십시오."

법륜은 흙먼지로 시야가 가려진 상황에서도 상대가 어디에 있는지 알 수 있었다. 마신은 지금까지는 정말 장난이었다는 듯 기세를 드높이고 있었다.

"부디… 이겨내십시오."

어디선가 장산의 목소리가 들려왔다.

'이겨내라……. 잘못 알았다. 나는 절대로 지지 않아. 이겨내라는 말은 필요 없다고.'

아직 가라앉지 않은 흙먼지 속에서 금강령주를 풀어냈다.

금강령주.

금강야차공.

금강령주가 의지를 가진 내단이라면 금강야차공은 의지를 가진 내단을 사용하는 방법이다. 무한한 힘, 원하는 것을 이루어내는 무한한 힘이다.

'보여라.'

무한한 힘이 적(敵)을 찾아냈다.

법륜의 시계가 엿가락처럼 늘어졌다. 사고(思考)의 영역이 육신(肉身)을 뛰어넘어 보는 것, 느끼는 것이 달라지는 곳. 그 속에서의 작은 움직임이 현실에선 폭풍이 되는 곳이다. 법륜의 발에 느릿하게 진기가 고였다.

파아앙!

느릿하게 움직이던 진기가 법륜의 몸을 벗어나자마자 엄청난 반동을 선사했다. 적을 향해 일직선으로 쏘아진 법륜의 몸은 포탄 같았다. 아니, 말 그대로 포탄이 날아가 터졌다.

콰아앙!

천공고가 폭발했다.

적 또한 공간을 격하고 날아오는 포탄의 위치를 확인하고 있었는지 주먹을 들어 정확하게 어깨를 가격해 왔다. 보검처럼 예리한 경력이 어깨를 짓눌렀다. 내력으로 면밀히 보호했음에도 당장에라도 살이 베일 듯 위태롭기 그지없었다.

그때, 법륜의 어깨에서 금광이 치솟았다.

'불광벽파.'

절대의 호신공.

마인 구양선의 마벽을 본떠 만든 절대무적의 방벽. 왜 지금 이 순간 그가 떠올랐는지.

'결국 나도 그와 같구나.'

보고 배운다.

무공이란 보고 배우고 사용하는 것. 생각해 보면 모든 무공이 그렇다. 누군가가 먼저 간 길을 따라 걷고, 먼저 간 선지자(先知者)를 뛰어넘어 훗날 걸어올 사람들에게 길을 알려준다. 그런 점에서 마인 구양선도, 자신도, 눈앞에서 자신을 찢어 죽이려 하는 마신도 마찬가지다.

'그렇다. 나는… 내가 어디까지 왔는지… 무엇을 알고 있는지도 제대로 모르는구나.'

법륜구절이라는 무공을 스스로 창안하면서, 소림의 길을 벗어나 자신만의 길을 걸으면서 법륜 앞에 있던 선지자는 사라졌다. 그 스스로가 선지자이자 종사(宗師)가 된 격이다. 그런 자가 스스로 무엇을 가지고 있는지도 모른다면……

'그것은 종사로서 명백히 실격이지.'

마신의 절금수(絶金手)를 막아내며 법륜이 이를 악물었다.

자신은 이제 한 무공의 조사가 되었다. 이젠 눈앞에 적수가 어떤 자인지, 자신과 무슨 원(怨)을 지었는지 상관없다.

오로지 서로의 무도를 겨룰 뿐이다.

살아온 방식이 다르기 때문일까, 배우고, 가진 것이 달라서일까. 법륜과 정고의 무도는 달랐다. 한쪽은 한적한 산속에서 도를 닦듯 무공을 쌓았다. 살상력(殺傷力)과 살심(殺心)을 품은 것은 한참 뒤였다.

반면에 한쪽은 전란의 시대에 태어나 그저 좋은 세상을 만들기 위해 무공을 익혔다. 세상에 헌신하기 위해 무공을 익히고 전장에 섰다. 그리고 살기 위해서, 자신의 목을 노리는 칼을 피하기 위해서 무공을 사용했다.

서로 걸어온 길이 너무 달랐다.

그럼에도 법륜은 느려진 시계 속에서 전력을 다하는 마신을 비난할 수 없었다.

'그 길을 배우는 것이라면.'

자신은 상상조차 할 수 없으리라.

그가 겪어온 참혹함과 두려움을.

반대로 정고 또한 알 수 없으리라.

자신이 걸어온 길을.

'그러니… 여기에 풀어놓자.'

법륜이 빛나는 두 눈으로 정고의 눈을 바라봤다.

지금 당장의 원한은 내려놓고 무공만 생각하자. 우리가 걷는 길, 그 멀고 먼 여정에 대해서만 생각하자.

'당연하다. 나는 언제나 그래왔으니까.'

마주 본 정고의 두 눈이 답해왔다.

'좋아, 지금부터는 조금 다를 거야.'

무언(無言)의 대화를 마친 두 사람의 몸이 얽혀 들었다.

야차구도살 십팔강격을 시작으로 쉴 틈 없이 진공파가 터져 나왔다. 그 경력이 해소되기도 전에 법륜의 발이 벌처럼 날아들었다.

이어지는 사멸각.

보검의 기운을 품은 발끝이 정고의 목을 노리고 날았다. 일렁이는 진기의 물결이 파도가 되어 몸을 덮쳤다. 법륜은 진기를 아끼지 않았다. 강환을 끌어내 금강령주가 삐걱대는 순간에도 억지로 남아 있는 내력을 쥐어짰다.

그야말로 완벽한 연환.

마신은 법륜의 일격을 막기에 급급했다.

분명 빠르고 강력하다. 어느 누가 와도 인정할 수밖에 없는 무공이고 경지였다. 백련이 해산되고 다른 십대마존을 본 적은 없지만 단언하건대 눈앞에 어린 친우만큼은 아니리라.

정고는 어렴풋이 알 수 있었다.

반드시 오늘이 아니라도 내일, 아니, 몇 년이 흐른 뒤에라도 자신의 목숨을 앗아갈 수 있는 존재는 눈앞에 있는 젊은 승려뿐이라는 것을.

'너무… 완벽하군.'

너무 완벽하다.

자신의 목숨을 줄 상대로 한 치의 부족함도 없다.

'하지만… 오늘은 아니야!'

퍼어엉!

마신의 몸에서 지금까지와 다른 기운이 폭사했다.

하얀 불꽃.

표현하자면 하얀 불꽃이 몸에 붙어서 일렁이는 것 같았다. 법륜은 저런 진기를 본 적이 있었다. 그것도 자신의 몸에서.

'진원진기!'

어째서일까.

분명 그의 눈에 비친 정고의 의지는 확고했는데, 자신이 가진 십 할 이상의 기세를 드러냈을 때도 아직 멀었다는 듯한 눈으로 자신을 바라보지 않았던가.

'그런데 왜……'

도무지 알 수 없었다.

정고는 그런 법륜의 의문을 풀어주기라도 하듯 입을 열었다.

"많이 의외인가 보지?"

법륜이 고개를 살짝 숙였다.

"확실히."

"그건 네놈이 잘못 알고 있어서 그런 것이다. 보아라. 이것이 진원진기인가?"

법륜은 정고의 말에 인상을 썼다.

진원진기, 선천진기, 생명의 근원. 표현하는 말은 수십 개이지만 본질은 하나다. 생명의 힘이다. 인간으로서 가져야 할 진기 이전의 보다 근본적인 기운이다. 쉽게 말해 타고난 기운, 즉 남아 있는 수명을 담보로 막대한 힘을 빌리는 것이다.

'그런데… 진원진기가 아니라고?'

도무지 봐도 알 수 없는 일이었다.

"꽤 충격이 큰가 보군. 하지만 확실하다. 이 기운은 진원진기가 아니야. 백련환단공의 시작이자 마지막 염원이었지."

"백련환단공이라면……."

"내가 익힌 심공의 이름이다. 백련환단공의 염원은 단 하나였다. 신선(神仙)이 되는 것."

"신선……?"

정고의 얼굴이 기괴하게 일그러졌다.

신선. 말이 좋아 신선이지 불가능한 꿈이었다. 운이 좋게 스승을 만나 무공을 배울 때까진 그렇게 허황되지 않은 꿈이라 생각했다. 하지만 시간이 흐르고 세상을 직시할 수 있는 눈이 생기자 그 꿈은 헛된 열망이 되고 말았다.

"웃기지 않은가?"

법륜이 그게 어때서라는 얼굴로 되물었다.

"불가능하다 생각하나?"

"그렇다네."

"왜 불가능하다 생각하지?"

"후우, 백련환단공은 진원진기를 키우는 무공일세. 내 스승을 비롯한 스승의 스승들은 진원진기를 한계까지 키우고 나면 신선이 될 수 있다고 믿었지. 늙지 않고 손짓 한 번에 호풍환우를 일으키는 그런 신선. 하지만 보게. 지금의 내가 신선인가? 마인이라면 모를까."

"우문(愚問)이군. 신선처럼 보이냐고? 하나 묻지. 내 스승, 어떻게 보았나?"

대화가 조금 길어질 것 같자 정고는 몸에 일렁이던 진기를 가라앉혔다.

"진정한 불제자라고 생각했다. 살신성인(殺身成仁)을 부르짖는 자들은 많아도 직접 행하는 자는 드문 법이지. 자네 스승은 그런 사람이었네."

법륜은 고개를 끄덕였다.

"맞아. 스승님은 불존(佛尊)이라 불리셨지. 행동거지며 인품이며 모든 이의 칭송을 받는 존재셨다. 그러던 어느 날 내게 하신 말씀이 있지. 선도(仙道)나 불도(佛道)보다 더 중요한 것이 인간지도(人間之道)라고. 나를 가르치며 그것을 깨달으셨다 했지."

법륜이 정고의 앞으로 천천히 걸음을 옮겼다.

"신선? 인간도 되지 못한 자들이 신선을 논한다? 그야말로 우문이다."

법륜의 몸에 강맹한 금기가 어리기 시작했다.

"신선이 되고자 한다? 네놈은 인간부터 되어라. 그게 순서이니. 하지만… 네게는 그럴 기회가 없을 것 같군. 오라, 죽여주마."

죽고 죽이는 싸움.

그 종착역이 곧 다가온다.

제이십삼장(第二十三章)

귀로(歸路)

"정말 괜찮겠습니까?"

장산은 걱정스러운 얼굴로 법륜에게 물었다.

법륜은 그런 장산의 얼굴을 볼 수 없었다. 그가 장산의 등에 업혀 있는 까닭이다. 언제나 등 뒤에 매달려 있던 거검 대신 법륜이 그의 등에 땅에 떨어지지 않도록 단단하게 매여져 있었다.

법륜은 점차 혼미해져 가는 정신을 억지로 부여잡았다.

"괜찮… 이대로… 소… 림……."

장산은 한 손에 거검을 들고 언젠가 독안도라 불리던 남자가 자랑스레 떠들던 과거를 떠올렸다. 한 손에 사질을 들고 남은 한 손이 마신을 막아냈다던가. 그때와 비슷한 상황이다.

"굉장히 부담스럽군. 젠장."

과거와 비슷한 상황. 하나 그때와는 명백히 다른 상황이기도 했다. 주군이 마신을 격살했다. 그 장면은 자신이 노년이 되어서도, 죽음의 선고가 자신에게 떨어지기 직전까지도 잊을 수 없는 기억이 될 것이다.

"미쳤지, 미쳤어……."

장산은 그날을 회상했다.

*　　　　*　　　　*

대화는 그것으로 끝이었다.

법륜은 내기를 조절했다. 내기의 조절은 효과가 있었다. 고수는 한 줌의 호흡으로도 만전의 상태가 되는 법. 금강령주에 내력을 가득 담지는 못하더라도 싸움을 이어갈 수 있는 정도는 됐다.

"그 백련환단공인지 뭔지… 전력을 다해야 할 거야."

"마치 지금까지는 봐줬다고 말하는 것 같군. 그만한 여유가 있던가?"

"없었지. 하지만 그래도 오늘 이 순간에 너는 반드시 죽어.

그걸로 모든 은원을 정리하겠다."

"좋아, 그대로 죽어줄 수는 없지. 오라. 그 자신감, 산산이 박살 내주겠다."

다시 처음으로 돌아왔다.

금빛 서기를 흘리는 법륜과 진원진기를 끌어내 내력처럼 활용하는 하얀 불꽃의 주인 정고. 둘의 격돌이 다시 시작됐다. 가공할 만한 기파가 정고의 몸을 덮쳤다.

"허, 꽤나 본격적인걸."

정고가 비아냥거렸다.

법륜이 안색을 굳혔다. 정고는 그 자리에 그대로 서 있었다. 법륜은 오른손을 들어 앞으로 뻗었다. 천장나선탄이다. 하지만 기존의 천장나선탄과는 달랐다. 그 끝을 알 수 없는 듯 끝까지 내력을 그러모은다. 오른손을 왼손으로 받쳤다.

'일단 일격!'

법륜의 오른손에 서린 가공할 만한 기세가 회전하기 시작했다. 한 바퀴, 두 바퀴. 종내는 눈으로 따라갈 수 없을 속도로 회전한다. 그 크기도 사람의 머리통만큼 커졌다. 정고는 그 모습을 보며 내심 긴장했다.

'이거 잘못하면 골로 가겠군. 괜히 시간을 주었나.'

하지만 이미 늦었다.

전력으로 부딪쳐 보고 싶었다. 신선이 되는 무공? 그런 것은 이제 중요하지 않았다. 법륜의 말에서 알았다. 신선이란 손에 잡을 수 없는 것. 말 그대로 전설(傳說)이다. 혹자는 누가, 언제, 어디서 신선이 되었다고 떠들지 모르겠지만 이미 인간으로 도달할 수 있는 한계치에 이른 정고는 알고 있다.

신선은 말 그대로 꿈이다.

'꿈, 꿈이라……. 허황된 꿈을 꾸었구나.'

조금 더 초점을 인간에 맞추었다면 어땠을까.

인간지도를 행하고 그 속에서 성장했다면 어땠을까. 그저 번잡한 속세가 싫어 산으로 들어왔을 뿐인데, 자신 앞에 붙은 악명은 그런 것치곤 상당했다.

십대마존.

기련마신.

구파의 적.

정고의 두 눈에 법륜이 쏘아낸 구체가 빠른 속도로 접근했다.

'그래, 지금은 그런 생각을 할 때가 아니지. 허나…….'

죽어야 할 장소를 고를 수 있다면 이 자리가 좋겠다고 생각했다. 다시금 정고의 몸에서 하얀 불꽃이 거세게 일어났다. 전신에서 일어난 불꽃은 언제 그랬냐는 듯 정고의 의지 아래 오른손으로 몰려들었다.

백염대검(白炎大劍).

'이름을 붙이자면 그게 좋겠군.'

정고가 구체를 향해 달려 나갔다.

'가른다. 그리고 저자의 목을 노린다. 여파는… 무시한다.'

정고의 눈빛이 매섭다.

천장나선탄이 다가오는 속도보다 정고가 접근하는 속도가 빨랐다. 정고는 오른손을 하늘 높이 들었다. 그리고 내려쳤다.

콰아아앗!

천장나선탄이 갈라졌다.

막대한 기(氣)가 그 자리에서 터져 나갔다. 나선탄을 가르고 그 사이를 돌파한다. 거칠게 회전하던 기의 덩어리가 갈라진 그 자리에서 불을 뿜었다.

콰아아앙!

폭음을 뚫고 정고가 법륜을 향해 달려들었다.

기의 폭발로 인해 의복 여기저기가 갈라져 피가 배어나왔다. 상당히 낭패한 모습이다. 하지만 법륜은 그 모습에 결코 방심하지 않았다. 엄청난 기의 장악력을 지닌 법륜이 만들어낸 기의 결정체 강환마저도 그대로 받아낸 마신이다.

천장나선탄으로 그를 무력화시킬 거라곤 생각도 안 했다.

'이격!'

법륜은 얼마 남지 않은 금강령주의 진기를 끌어모았다.

전신에서 금기가 들불처럼 번진다. 그러곤 만들어낸 절대무적의 방벽 불광벽파가 천신(天神)의 갑주처럼 몸을 보호한 채 달려 나간다.

'한 번은… 막아낸다.'

다시 이어지는 폭음.

법륜은 정고와 집게손가락 하나의 거리를 두고 서로를 부여잡았다. 법륜의 오른손이 정고의 왼손에 막히고, 정고의 오른 수도가 법륜의 팔뚝에 가로막혔다. 단순한 힘겨루기의 싸움이 아니었다.

의지의 싸움이었다.

서로 많은 내력을 소모하고 체력을 허비했다. 금세 누가 죽어도 이상하지 않을 정도로 서로의 목숨이 위태로웠다. 그 찰나의 정적을 먼저 깬 것은 정고였다.

천장나선탄을 가르며 온몸에 자잘한 상처를 입었다.

말 그대로 가벼운 상처. 하지만 자신과 비등한 경지의 고수와 싸울 때 자잘한 상처는 죽음의 칼이 되어 돌아온다. 한순간도 방심할 수 없는 천인단애 위의 싸움. 떨어지면 그대로 나락이다. 정고는 순간의 기회를 잡기 위해 먼저 움직였다.

정고가 슬격(膝擊)을 차올렸다.

무릎을 차올린다는 생각이 드는 순간 어느새 몸에 닿아 있었다. 그것도 무인이라면 어떤 상황을 막론하고 무조건 보호해야 할 기해혈에 닿아 있었다.

'그대로 막는다!'

법륜은 불광벽파를 믿었다.

단전을 보호하기 위해 움직인다면 그 움직임 속에서 허점을 찾아내 치고 들어올 마신이다. 그는 그 정도의 눈과 실력을 겸비한 사내였다.

그래서 그대로 막았다.

몸에 서린 금기를 단숨에 복부 쪽으로 밀집시켰다.

한층 두꺼워진 불광벽파의 방벽이 유리잔처럼 하나둘 깨져나갔다. 그리고 그 슬격은 단전 한 치 앞에서 겨우 멈춰 섰다.

'승부!'

법륜의 눈이 정고의 허점을 향해 또렷이 틀어박혔다.

다리를 움직이면서 상체가 앞으로 조금 굽었다. 서로 부여잡은 팔은 자연스레 아래로 쏠렸고, 어깨가 드러났다. 법륜은 두 팔을 움직이지 않는 대신 몸을 사용했다.

고법이 작열했다.

천공고처럼 무지막지한 내력을 기반으로 펼치는 부딪침이 아니라 그저 어깨를 밀어 넣은 것이다. 정고는 법륜이 무작정 어깨를 들이밀자 일전에 본 극강의 파괴력을 자랑한 고법을 떠올렸다.

'이걸 그대로 맞으면… 끝나겠군. 손해를 감수하더라도 가

른다.'

정고는 재빨리 법륜의 주먹을 잡고 있는 왼손을 풀어 다가오는 어깨를 쳐나갔다. 짧은 순간에도 충만한 진기를 담은 수도(手刀)가 아무런 방해 없이 전진했다.

'뚫었어?'

촤아악!

정고의 왼손이 법륜의 어깨를 가르는 순간 법륜의 몸이 재빠르게 회전했다. 그대로 갈랐다면 어깨부터 복부까지 상체를 사선으로 가를 수 있었던 일격이 법륜이 몸을 돌리는 바람에 등을 갈랐다.

등이 깨끗하게 베였음에도 법륜의 회전은 멈추지 않았다.

한 바퀴 회전한 채 팔꿈치에 진기를 모아 정고의 안면을 가격했다.

빠악!

빈틈을 노리고 들어간 팔꿈치는 정고의 정신을 뒤흔들었다.

'얕았다.'

타격이 얕았다.

그 짧은 순간에 머리를 뒤로 빼 충격을 완화했다. 괴물 같은 반응 속도였다. 등에서 피가 흘러 다리를 적셨다. 그럼에도 법륜은 미소를 지을 수 있었다. 승기(勝機)를 잡았기 때문이다.

법륜은 다시 한번 금강령주를 쥐어짰다.

팔꿈치를 피하며 무게중심이 뒤로 쏠려 아직 제자리를 잡지 못하고 있던 정고에게 열여덟 번의 정권을 먹였다. 송곳처럼 솟은 권력(拳力)이 정고의 전신을 때렸다.

따다당!

마신이 뒷걸음질 쳤다.

권경을 해소하면서 손해를 보긴 했지만 아직까지 마신은 건재했다. 법륜의 등에 흐르는 피만큼 정고의 전신에서도 피가 흐르기 시작했다.

두 사람의 손속이 어지러워졌다.

일진일퇴(一進一退)의 공방이 한동안 이어졌다. 법륜의 힘이 점차 약해져 갔다. 힘차게 내지르던 권법도, 각법도 이제는 매 순간이 버거운 듯 힘겨운 걸음을 하고 있었다.

정고도 마찬가지였다. 신선이 되기 위한 무공이라던 백련환단공의 내력도 이제는 힘에 부치는지 제대로 된 위력을 발휘하지 못했다.

'위태로운 싸움이다. 누가 먼저 죽어도 이상할 게 없어.'

법륜과 정고는 동시에 같은 것을 느꼈다.

이대로라면 먼저 힘이 다하는 쪽이 목을 내주고 싸움은 끝을 맺는다.

'생각해라. 이 난관을 타개할 계책을.'

법륜은 손발이 어지러운 와중에도 생각을 멈추지 않았다.

내력도, 체력도 바닥이다. 이제는 내력 소모가 심한 초식은 사용할 수 없었다. 하나 그것은 정고도 마찬가지. 그 또한 몸에서 피워내는 불꽃이 한층 작아졌다. 오히려 체력적인 면은 법륜보다 더 심각해 보였다.

'나이… 체력……'

법륜은 돌파구를 체력에서 찾았다.

내력을 줄이고 몸을 한 치라도 더 움직여 공격을 받아낸다. 한 줌, 한 줌 모은 내력으로 마신에게 일격을 먹인다.

'일단… 적정 수위부터 찾자.'

법륜의 몸에서 금기가 줄어들기 시작했다.

눈에 띄게 줄지는 않았지만 바로 앞에서 맞상대하고 있는 정고는 그 사실을 너무 잘 알았다. 그의 손속이 더 강력해졌다. 이대로 힘으로 찍어 눌러 승부를 볼 심산이다.

문득 정고의 시선이 법륜 뒤에서 상황을 지켜보고 있는 사내를 향했다.

'저놈도 문제로군.'

법륜을 어찌어찌 이겨낸다 해도 하나의 산이 더 남는다. 첩첩산중이라, 저 뒤에서 상황을 주시하고 있는 남자의 무공 또한 능히 절정은 넘어 보인다. 잘못하다 뒤를 잡힌다면 그보다 더한 망신은 없으리라.

'최대한 빨리 끝내야겠군.'

정고가 양손에 힘을 배가했다.

법륜의 기세가 줄어든 지금이 아니면 기회가 언제 다시 올지 몰랐다.

"타핫!"

법륜은 매섭게 달려드는 정고의 손아귀를 피해 뒤로 연신 물러섰다. 낭패한 기색이 역력했다. 하지만 두 눈만큼은 그 어느 때보다 빛났다.

'조금… 조금만 더……'

법륜이 뒤로 물러서길 삼 장여.

그 기회가 생각보다 빨리 찾아왔다. 법륜이 계속해서 뒤로 밀리자 정고가 최후의 절초를 뻗어온 것이다. 우장(右掌)에 절금장의 강맹한 기운이 서렸다. 쇠를 끊어내듯 법륜의 피륙을 가르고 뼈를 참(斬)할 가공할 위력이다.

'됐다!'

법륜이 발끝에 힘을 줬다. 언제 뒤로 밀렸냐는 듯 튀어나간다. 순식간에 정고의 품으로 파고든 법륜의 눈에 당황한 마신의 눈동자가 어린다. 마신 또한 갑자기 파고든 법륜을 향해 절금장의 공격 방향을 변환시켰다.

물 흐르는 듯 자연스러운 변화에 법륜은 그만 왼쪽 어깨를 내주고 말았다.

퍼어엉!

법륜은 손만 내밀면 닿을 거리에서 억지로 버텼다.

이대로 물러서면 승기가 넘어간다. 등을 희생해 얻어낸 승기다. 상대방에게 방심을 유도하고 상처를 입어가며 얻어낸 기회이다. 눈에 핏발이 섰다. 앙다문 입에서 핏줄기가 흘러내렸다.

"적로제마장. 적옥."

법륜의 앙다문 입에서 나지막한 초식명이 흘러나왔다.

왜였을까. 무공을 펼치며 초식명이나 외쳐대는 것은 강호에 처음 발을 들인 풋내기나 할 법한 일인데. 정고 또한 그의 악에 받친 목소리를 들었는지 놀랍다는 표정을 지었다.

'아!'

깨달았다.

알려주고 싶었던 것이다. 무슨 초식이 당신의 목숨을 앗아갔는지. 싸움의 끝에 도달해서 알려주고 싶었던 것이리라. 당신이 목숨을 걸 만한 상대였다고. 또 싸움의 승패를 떠나 전력을 이끌어낸 상대에 대한 예우이기도 했다.

법륜의 오른손이 빈틈을 노리고 들어가 정고의 가슴에 닿았다 싶은 순간 떨어졌다. 그리고 정고의 가슴에서 불어오는 한 줄기 세찬 바람. 붉은 옥이 그의 가슴을 집어삼켰다. 그리고……

퍼어어엉!

"커허헉!"

한 줄기 메마른 기침과 함께 마신이 끝내 무릎을 꿇었다.

"허억, 허억!"

법륜은 가쁜 숨을 몰아쉬며 가슴에 커다란 구멍이 난 채 오공(五孔)에서 피를 쏟아내는 정고를 바라보았다. 정말 한 끗 차이였다. 노림수가 통하지 않았다면 저렇게 피를 흘리고 주저앉은 것은 자신이 되었으리라.

"이제 알겠소?"

"무… 엇……?"

정고는 한 글자를 내뱉는 것도 힘들다는 듯 한 자, 한 자 토해냈다.

"애초에 신선이 되겠다는 것이 무의미하다는 것을."

"그… 런… 가……"

정고의 두 눈이 점차 빛을 잃고 꺼져갔다.

"내가 이겼소."

"크흐… 흐흐흐……"

"참으로 길었소. 스승님이 열반에 들고 십 년 가까운 세월이니 내 생에 삼분지 일이 당신 때문에 날아갔소이다."

"그래서… 허무한가?"

"전혀. 그 세월이 허무했다면 내 인생도 낭비한 셈이 되겠지. 후회할 생각 없소. 그보다 마지막 할 말은?"

"유언이라도 들어주겠다는 겐가?"

정고의 음성이 떨림 없이 나왔다.

회광반조. 삶의 끝자락에서 얻는 한순간의 기적. 그것이 찾아왔다. 창백하던 안색도 붉게 물들었고 호흡도 진정됐다. 정고는 알았다. 이제 자신의 삶이 얼마 남지 않았다는 것을.

"모옥 뒤편에 작은 오솔길이 하나 있네. 그곳으로 가게. 나는 축생로(畜生路)라 불렀지. 뒤에 있는 친구라면 추적은 쉽게 따돌릴 걸세."

"뒤를 걱정해 주는가?"

정고는 고개를 저었다.

"그런 문제가 아니지. 나는… 그저 부탁을 하려는 걸세."

"부탁이라……."

"백련환단공. 그 무공을 익힌 어느 누구도 고래로부터 이어진 염원을 이루지 못했지. 자네가 해주게."

법륜은 정고의 얼굴을 보며 광소를 터뜨렸다.

"내가? 적수에게 자신의 무공을 넘긴다니 너무 안일한 생각이군. 마군을 가르쳤다고 들었다. 그들에게 넘기는 것이 어떠한가?"

"그럴 수 있다면 좋겠지만… 그들 중 누군가 백련환단공을 익혀도 또 다른 십대마존이 될 뿐일세. 차라리 자네가 거두어 가게. 소림이라면 믿을 수 있지."

"나를 믿는가? 나는 파문당한 제자. 이제 더는 소림과 남은 연이 없다."

"그래서… 자네는 소림의 제자인가, 아닌가?"

정고의 물음은 법륜에게 많은 의미를 던져주었다.

파문당한 제자. 오랜 시간 중원을 위해 힘써온 명문이라는 당가의 태상가주마저 죽인 존재. 정도를 지키고 협의를 세우는 무인이라기엔 너무 멀리 온 법륜이다. 그런 자신에게 자격이 있을까.

"좋… 다……. 내가 수습하지. 그것으로 끝인가?"

정고의 안색이 다시 백지장처럼 하얗게 변했다.

이제 종국이 다가온다. 그 끝에서 자신은 허허롭게 웃으며 끝을 맞이했는가, 아니면 후회만 남긴 채 과거를 회상하며 비탄에 잠겨 있는가.

'아무렇지도 않군.'

모자란 천명이라 생각하면 그뿐, 자신에게 허락된 길이 여기까지이니 그저 받아들이고 조용히 갈 길을 가면 된다. 그렇게 생각했다. 그런데도 가슴 한편에 남은 이 허무한 감정은 무엇이란 말인가.

"너무… 늦게 깨달았다. 내가 달려온 이 길이… 정답이라고 생각했어. 민초를 위해 무공을 쌓고 전쟁터를 내달렸다. 허나 그 끝에 남은 것은… 허망함뿐이로구나. 그래도… 나는 후회 하지 않는다."

그것으로 끝이었다. 정고가 남긴 마지막 말은.

법륜은 그 모습을 보며 잠시간 생각에 잠겼다가 조용히 눈을 감았다. 적수였고 세상의 지탄을 받는 마인이었다. 하지만 이 세상에 다시 없을 악인이라는 생각은 들지 않았다. 그저 가는 길이 달랐을 뿐.

'내세에서는 부디… 평온하길 빌겠소.'

* * *

그 뒤론 일사천리였다.

장산이 모옥에서 백련환단공을 수습했고, 법륜을 등에 업은 채 산 아래로 이어진 오솔길을 따라 걸었다. 평소에 야생 동물들이 사용했는지 배설물 냄새가 짙게 배어 진동했다. 그 사이를 정고가 유유자적 걸었을 게다.

축생로라 부른 것은 그래서였다.

어떤 금수(禽獸)라도 마신에겐 가축 그 이상도 이하도 아니었으리라.

장산은 그 길로 산을 내려왔다. 사냥꾼 몇과 약초꾼 몇을 마주했지만 무시했다. 어차피 따라올 수 없을 터이다.

장산은 등 뒤에 업힌 법륜이 미동도 없이 죽은 듯 늘어져 있자 고심에 고심을 거듭했다.

'의원이 필요해. 그것도 실력 있는 의원이.'

기식이 엄엄했다.

아니, 그조차도 확신할 수 없었다. 법륜의 상세는 기식의 부조화를 떠나 기이한 면이 있었으니까. 장산으로선 당장 그 어떤 조치를 취할 방법이 없었다.

"소림… 소림이라……."

지금 당장 소림으로 가기엔 무리가 있었다.

기련마신은 근 몇 년간 청해성에서 신처럼 군림하던 마인이다. 이대로 소림을 향해 행보를 잡는다면 법륜을 노리는 자들에게 너무 쉽게 노출되리라.

'이대로 산을 내려가는 게 좋겠지만… 다른 방도가 없을까.'

장산의 머릿속에 몇몇 사람이 스쳐 지나갔다.

떠올린 자들은 의원(醫員)이다. 그것도 중원 천하에 명성이 자자한 인물들이다.

'천수신의나 비영노사는 안 돼. 너무 멀다. 최소한 지나가는 길목에라도 위치한 사람이어야 하는데……'

장산은 묵묵히 발걸음을 옮겼지만 뾰족한 방도가 떠오르지 않았다. 장산은 문득 호쾌한 웃음을 짓던 남자가 떠올랐다.

'그분이 계셨다면 조금 달랐을지도 모르지.'

그라면 단 한 사람뿐이다.

삶의 문턱을 넘어 떠나간 사람, 백호방주 여립산. 그가 떠난 지 그리 오래되지 않았음에도 벌써 그리워지는 이름이다. 장산은 그와의 짧은 추억을 반추했다.

여립산이라면 이렇게 고민하지 않았을 게다. 그 누가 되었든, 어떤 세력이 되었든 강대한 무력으로 찍어 누르고 법륜의 상세를 살폈을 게 분명했다.

그러다 문득 한 사람을 떠올렸다.

'마의!'

머리가 팽팽 돌아가기 시작했다.

분명 주군과 백호방주는 감숙에서 마의 가염운을 만나 도움을 받았다고 했다. 그 뒤로 어떻게 일이 흘러갔는지는 알 수 없었으나 그리 긴 시간이 흐른 것은 아니니 아직 감숙을 벗어나지 못했을 가능성이 높았다.

게다가 황실의 인물들이 보호한다고 했다. 산속에 틀어박혀 무공만 닦던 장산도 황금포쾌의 이름은 들어보았다. 그만한 인사가 움직이는 데 아무런 사전 준비도 없이 움직일까.

'그를 찾으면 돼. 문제는 방법인데… 그래, 하오문! 하오문이었어! 그래서 백호방주가 하오문 지부부터 들른 거였어!'

장산의 발놀림이 빨라졌다.

지금부터는 시간 싸움이다. 등 뒤에 업힌 환자의 용태도 중요했지만, 그 용태를 고칠 의원이 더 시급한 상황. 게다가 그 의원은 천수신의나 비영노사 같은 강호에 명성이 자자한 자들과 비교해도 무리가 없는 인물이다.

"이제야 길이 보이는 것 같소, 주군."

장산의 중얼거림을 듣지 못한 법륜은 그저 신음을 흘릴 뿐이다.

장산은 이동 방향을 감숙으로 잡았다.

정확히는 감숙성의 주도 난주. 하오문은 어디에나 있지만 또 어디에나 없는 까닭이다. 정보를 물어다 주는 촌민들이나 배수, 기녀들은 어디에든 있지만 제대로 정보를 취급하고 다룰 줄 아는 자는 몇 없기 때문이다.

계획은 간단했다.

난주로 건너가 하오문을 통해 마의의 행방을 수소문한다. 법륜을 치료하고 소림의 본산이 있는 하남으로 이동한다. 무척이나 간단했지만 또 어렵기도 했다.

'일단 하오문이 호의적인지 아닌지 그것부터 판단해야 해.'

소문도 문제다.

인적이 드문 산골 마을과 산길만을 이용해 움직였음에도

강호에 한 가지 소문만큼은 확실하게 들려왔다.

천야차가 기련마신을 참했다.

무림은 혼돈의 도가니에 빠졌다.

맹회의 맹주인 검선의 위치가 흔들리는 지금, 구파와 세가가 불온한 움직임을 보이고 있는 상황이다. 그런 상황에서 법륜이 기련마신을 죽였다는 풍문이 돌았다.

그래서인지 사람이 드문 곳까지 소문이 파다했다.

장산은 이 소문이 법륜과 자신에게 득이 될지 실이 될지 아직 판단하지 못한 상황이다. 그런 상황에서 무작정 하오문을 찾아가도 될지 아직 확신이 서질 않았다.

"일단 움직이는 수밖에."

지금은 답이 없었다.

위험을 감수하더라도 며칠째 정신을 차리지 못하고 등에 매달려 있는 법륜이 더 중요했다. 장산은 마음을 굳게 먹었다.

*　　　　*　　　　*

장산의 걱정과는 다르게 법륜의 상황은 그렇게 나쁘지 않았다. 비록 장산의 등에 업혀 길을 재촉하고 있지만 흘러가는 상황만큼은 정확하게 인지하고 있었다.

그럼에도 장산에게 길을 알려줄 수 없는 이유는 육신에 새겨진 상처들 때문이다. 정확히는 정고가 남긴 무리(武理)의 파편 때문이다. 상세의 위중함을 떠나 법륜의 몸은 지금 새로운 세계를 향해 나아가고 있는 상황이었다.

'진기가… 육신에 녹아들고 있어.'

몸에 새겨진 상처가 가볍지는 않았지만 진기가 육신에 녹아들면서 상처를 치유하고 있었다. 구양선 때와 같았다. 그가 천도를 벗어나 취한 역리 또한 그의 생명력을 극대화해 상처를 순식간에 수복시켰다.

다른 문제도 있었다.

상단전이었다. 본디 법륜이 구사하는 무공은 하단전과 중단전을 주로 이용했다. 금강령주가 가슴의 중단전에 자리 잡고 그 중단전을 통해 하단전으로 진기를 보내 혈맥을 순환하게 했다. 중단에서 하단으로 그 진기의 흐름을 통해 무공을 구사한 법륜이다.

그런데 기련마신 정고와 맞붙으며 그의 무공에 커다란 구멍이 있다는 것을 알았다. 무공의 부족함이나 높낮이 문제가 아니었다. 상단전의 활용법에 대한 부재, 그것이 법륜이 내놓은 문제의 실마리였다.

'기련마신은 백련환단공을 잘못 이해하고 있었어.'

신선이 되는 무공 백련환단공.

정고는 백련환단공을 그렇게 표현했다. 그리고 선천진기를 이용한다고 했다. 아니었다. 백련환단공은 그런 무공이 아니었다. 어떤 기연이 있어 정고가 선천진기를 자유자재로 다루게 되었는지는 모르지만, 백련환단공은 상단전을 단련하는 무공이었다.

'정고는 분명 진원진기를 다뤘어. 그것도 주머니에 넣었다 빼듯 자연스럽게. 도대체 어떻게?'

법륜의 고민은 날이 갈수록 깊어져 갔다.

정고가 알려준 길을 따라 기련산맥을 벗어나고 작은 산골 마을들을 거칠 때마다 그 고민의 깊이는 더해졌다. 그때쯤 법륜은 고민에 대한 답을 가정했다.

'상단전, 상단전의 활용법이다. 조화를 생각해야 했어. 내 무공은 중단과 하단에 너무 편중되어 있다. 그렇다면 대체 어떤 방식으로 상단전을 활용하는 거지?'

법륜은 해답을 금강령주에서 찾았다.

금강령주는 영물과 소림의 신공인 역근세수경을 바탕으로 만들어낸 일종의 내단이다. 다뤄보지 않은 힘이어서 답을 찾기까지 오랜 시간이 걸렸다.

'금강령주는 스스로의 의지를 가지고 있어. 금강령주가 이끄는 대로 가고자 하는 곳으로 인도해 보자.'

금강령주는 활발하게 움직였다.

정고와의 싸움에서 고갈되었던 진기는 어느새 차곡차곡 쌓아 올린 상태. 육신의 회복 또한 그리 오랜 시간이 걸리지 않을 게다. 또 다른 전투가 있다 해도 충분히 감당할 수 있는 상황. 법륜은 망설이지 않았다.

'움직여라. 네가 원하는 곳으로. 내가 필요로 하는 곳으로.'

금강령주가 은은하게 떨려왔다.

금강령주가 도인하는 진기는 여전히 금강야차신공의 운기법에 의해 움직였다. 중단에서 시작된 진기가 하단전을 거쳐 기경팔맥을 누비고 다녔다. 몸에서 은은한 금광이 비치기 시작했다.

'아니야. 내가 원한 것은 이게 아니라고.'

법륜이 속으로 역정을 내자 금강령주가 억울하다는 듯 웅웅거렸다.

'뭐가 문제지?'

가능할 줄 알았다.

무공을 익히며 어떤 커다란 벽도 손쉽게 돌파하다 보니 이번에도 충분히 가능하리라 생각했다. 그런데 결과는 보기 좋게 실패했다.

'왜 내 마음대로 되질……'

그때 법륜이 몸을 부르르 떨었다.

모골이 송연하다는 표현이 적당하리라. 온몸에 털이 곤두섰다. 짧은 순간이지만 살면서 느낀 어떤 섬뜩한 기분보다도 강렬한 느낌을 받았다.

'심… 생종기……'

심생종기.

마음이 일면 진기가 따른다.

법륜구절을 창안하며 가장 기본으로 삼은 기조(基調)이다. 너무나 당연하다 생각해 잊고 산 무리(武理)였다. 법륜의 머리가 활짝 열렸다. 전혀 생각하지 못한 방향이었다.

그렇게 장산의 등에 업힌 생활은 두 사람이 감숙의 주도 난주에 도달할 때까지 계속되었다.

*　　　　*　　　　*

"말 좀 물읍시다."

"뭐요?"

장산은 지나가는 보따리장수를 급하게 붙잡았다.

"요즘 이 근방에서 제일 잘나가는 약재(藥材)가 뭡니까?"

"약재는 약방에 가서 물어야지, 그걸 왜 나한테 묻소?"

보따리장수는 장산을 이상한 눈으로 훑었다. 행색이 고초를 겪은 듯 흙먼지가 가득했고, 등에는 인사불성이 된 환자마저 업고 있으니 이상하게 보지 않을 수가 없다.

"아, 거 좀 서로 돕고 삽시다. 먹고살기 힘든 사람들끼리 조금이라도 도와야 하지 않겠소. 내 약초꾼인데, 동료가 실족하는 바람에 사정이 급하게 되어서 돈 될 만한 약초를 좀 찾은 것이오."

장산이 사정하면서 말하자 보따리장수의 눈이 더 가늘어졌다. 되도 않는 거짓말이다. 보따리장수가 어떤 물건이 값어치가 있는지 하나부터 열까지 다 꿰고 있듯 약초꾼도 마찬가지다.

먹고사는 문제다. 약초꾼이 어떤 약초가 귀한지 모르면 그 사람은 약초꾼으로 먹고살 자격이 없다. 필시 약초꾼이 아니다. 수상하고도 수상했지만 덩치가 산만 한 사람이 윽박지르듯 묻자 그는 고개를 수그리며 답을 하곤 재빨리 멀어졌다.

"그건 모르겠고, 근방에 용한 의원이 있으니 거기로 찾아가 보슈. 장가의원이라고, 저쪽 골목으로 꺾어 들어가면 바로 보일 게요."

장산은 황급히 멀어져 가는 보따리장수를 보며 혀를 찼다.

"거참, 세상인심 야박하네."

"야박한 건 보따리장수가 아니야. 자네가 되도 않는 거짓말을 했기 때문이지."

장산이 화들짝 놀라 뒤를 돌아봤다.

하지만 눈에 보이는 사람은 죄다 자기 갈 길이 바쁜 촌민들 뿐이다.

"누구……."

"허, 거기 말고 여길세. 주인으로 모신 사람의 목소리도 알 아듣질 못하나."

"주군!"

장산은 황급히 고개를 돌려 등에 업힌 법륜을 바라봤다. 피곤하고 초췌한 안색이긴 하지만 확실히 의식을 차린 법륜이 보였다.

"그만 소리치게, 머리가 울리니. 그것보다 시전 한복판에서 이러지 말고 날 좀 내려주게."

장산은 법륜의 요청을 듣자마자 한걸음에 객잔에 방을 잡 고 법륜을 내려놓았다.

"어찌 이제야 정신을 차리신단 말입니까? 제가 얼마나 걱정 했는지 아십니까?"

장산이 소리치자 법륜이 푸근한 미소를 지었다.

선대의 인연으로 맺어진 선연이다. 여러모로 고마운 사람이 다. 그가 없었다면 이번에도 어려운 시간을 보냈을지도 모른다.

"고맙네. 자네에게 진 은(恩)은 내 몇 배로 갚겠네."

장산이 고개를 내저었다.

단순히 은을 입히고자 했다면 기련산맥에서 가까운 의원에 던져 버렸을 게다. 그는 목숨을 걸었고, 또 목숨을 살려냈다.

"그것보다 의원에 보이지 않아도 괜찮으시겠습니까?"

"괜찮을 것 같군. 그래, 여기는 어디인가?"

"감숙성 난주입니다."

"난주?"

"일전에 마의라는 분께 구함을 받으셨다 들었습니다. 그곳이 감숙이어서 길을 이쪽으로 잡았습니다."

법륜이 인상을 찌푸렸다.

장산의 처사가 마음에 안 든다기보다 불현듯 마의가 어찌 지내고 있을지에 대한 걱정이 앞섰기 때문이다. 게다가 사숙에 대한 이야기도 전해야 했으니.

"언짢으시다면 죄송합니다. 하지만 지금 상황에서 생각나는 분이 그분밖에 없더군요."

법륜의 찌푸린 표정을 보며 장산이 고개를 숙여오자 법륜은 손을 들어 그의 행동을 만류했다.

"그런 것이 아닐세. 그분이 어찌 되었는지… 아직 소식을 접하지 못해서 그렇다네. 사숙이 하오문에 가신 것도……."

"짐작은 하고 있었습니다. 백호방주가 마의의 행방을 수소문하기 위해 하오문에 들렀다가 일을 겪으셨다는 걸. 그러니 더는 말씀하지 않으셔도 됩니다. 그보다……."

장산이 법륜의 눈치를 살피며 물었다.

우물쭈물한 기색이 뭔가 잘못을 저지른 어린아이 같아 보인다.

"제가 약초꾼 행세를 한 것이 그리 어색했습니까?"

"하하하!"

법륜은 오랜만에 실컷 웃었다.

"행로는 섬서의 한중… 을 통과해서 수로로 하남으로 접어드세. 그쪽이 빠를 것 같군."

"결정을 내리신 겁니까?"

법륜은 장산의 말에 고개를 끄덕였다.

빠른 길을 택하고자 했다면 난주에서부터 하남의 소림까지 직선으로 달리는 것이 가장 빠르리라. 법륜도 깨어났으니 이들의 행보를 저지할 만한 위험도 손에 꼽았다. 그럼에도 법륜이 한중을 경유해 하남으로 접어들려고 하는 이유는 다름이 아니다.

백호방.

방주를 잃어버린 백호방도들을 위해서였다.

"일단… 제안은 해볼 생각이네."

법륜의 마음은 무거웠다.

구원을 갚았고 그 과정에서 새로운 원한을 쌓았다. 거기에다 피붙이나 다름없는 사숙을 떠나보냈다. 그만을 기다리고 있을 백호방의 방도들을 위해 그가 할 수 있는 일이라곤 고작 그들을 새로운 보금자리로 이끄는 것뿐이다.

태영사.

태영사가 그들의 새로운 보금자리가 될 것이다.

'그렇다고는 해도… 신경을 못 써도 너무 못 썼군. 그들 또한 무인. 방주의 죽음은 애석하고 슬퍼해도 무인으로서 지켜야 할 사명까지 잊은 것은 아닐 터인데.'

조금만 주의를 기울였다면 충분히 할 수 있는 일이었다.

그런데 법륜은 당가를 봉문시키며 은원을 종결지었다. 그들로서는 감당하기 어려운 적이지만 반대로 생각해 보면 원한을 갚을 생각 따위는 하지 말라는 말이 되었다.

'무인으로서 해서는 안 될 일이었다.'

무인.

무공을 익힌 무림인. 언제나 칼끝 위에 목숨을 걸고 사는 이들이다. 상대가 아무리 강력해도 은혜와 원수는 반드시 갚는 자들 또한 무인이다. 그런 이들의 복수에 제동을 걸었으니 법륜으로선 미안한 마음이 들었다.

법륜의 얼굴이 심각해지자 장산은 주의를 환기시켰다.

"일단 너무 걱정만 하는 것도 우스운 일이겠지요. 그들이 무엇을 원하는지는 차차 알아보면 될 일이니 지금 당장 그렇게 마음 쓰실 것 없습니다. 또 오히려 일이 쉽게 흘러갈지 누가 알겠습니까."

법륜은 장산의 어조에서 걱정의 기색을 읽었다.

그의 등에서 깨어난 지 아직 한 시진도 되지 않았는데 또 걱정을 끼칠 순 없었다.

"조언 고맙네. 일단은 조금 쉬어야겠어. 하루나 이틀 정도 몸을 추스르고 길을 떠날 채비를 하세."

"알겠습니다. 그럼 쉬시지요."

장산은 따로 볼일이 있다며 방을 나섰다.

아마 하오문에 다녀오려는 것일 게다. 주군으로 모신 법륜이 그토록 마음을 쓰고 있으니 수하 된 자로서 해야 할 일을 하려는 것이다.

"고마운 친구로군."

법륜은 그렇게 말하며 눈을 감았다.

금강령주의 진기가 풀려나오며 걸음을 재촉했다. 그의 무공은 다른 세계로 움직이고 있었다. 범인이 한 걸음을 내디딜 때 천재는 열 걸음을 앞서간다. 법륜은 그런 천재보다도 몇 걸음을 더 앞서나가고 있었다.

금강령주가 풀려나오며 기존과는 다른 움직임을 보이고 있었다. 하단전으로만 흘러가던 진기가 양분되더니 상단과 하단 양쪽으로 고르게 퍼져 나갔다. 법륜의 미간에 금빛이 어렸다.

법륜이 다시 눈을 떴을 때, 그의 눈은 금빛으로 물들어 있었다.

우웅!

우우웅!

눈을 감고 있었지만 법륜의 감은 두 눈엔 온 세상이 보였다. 물체로 이루어진 세상이 아니었다. 기로 이루어진 세상이었다. 그것은 놀라운 경험이었다.

사람의 눈으로 볼 수 있는 것은 한정되어 있다. 그리고 보고 싶은 것만 본다. 그것이 인간의 시각에 익숙하기 때문이다. 하지만 기의 눈으로 본 세상은 달랐다. 시야에 펼쳐진 장면은 마치⋯⋯.

"거미줄 같군."

기의 그물은 어디에나 뻗어 있었다. 쉽게 볼 수 있는 풀 한 포기에도, 나무 한 그루에도 기가 가득했다. 심지어 그 뿌리를 뽑아 화병에 꽂아둔 꽃에도, 베어내 탁자를 만들어낸 나무에도 기가 방울방울 맺혀 있었다.

놀라운 세상이다.

이렇게 신비로운 광경을 혼자만 봐야 한다는 사실이 안타까웠다. 더 놀라운 사실은 법륜의 눈에 비친 자신의 모습이었다. 진기의 흐름이 한눈에 들어왔다. 심지어 내력이 어느 부분에서 막히는지, 탁기가 들어찬 곳이 어디인지까지 소상하게 알 수 있었다.

"신안(神眼)이나 다름없군."

귀신의 눈이다. 인간의 육신으론 행할 수 없는 불가사의다. 법륜은 자신에게 주어진 기회를 놓치지 않았다. 무공의 급격한 발전을 이루기엔 부족한 기연이지만, 스스로를 되돌아보고 부족한 점을 채우기엔 차고 넘치는 기연이었다. 법륜은 시간이 흐르는 것도 잊은 채 부족한 점을 채우기 위해 몰두하기 시작했다.

＊　　　　＊　　　　＊

소림의 본산은 적막했다.

세상이 어떻게 변해도 소림만큼은 언제나 고요했다. 비록 환란을 겪으며 속세에 몇 번 실력 행사를 하긴 했지만 그 근본은 언제나 불도에 있었다. 그렇기에 소림은 혼돈 속에서 명성과 평판을 유지할 수 있었다.

그렇지만 이번에 들려온 소식은 온 산을 뒤흔들기에 충분했다. 소림의 방장인 각선은 이 사태를 엄중하게 처리해야 했다. 다름 아닌 소림과 관련된 소식이기 때문이다.

"이 일을 어찌할꼬."

각선은 작금의 사태를 타개할 만한 묘책이 없었다.

이번 사태의 주역인 법륜은 이미 소림의 제자가 아니기 때문이다. 그저 명분상이라고는 해도 파문제자는 파문제자. 파문을 한 제자에게 다시 선을 대는 것도, 그를 치하(致賀)하는 것도 소림으로서 해서는 안 될 행사였다.

"그 아이가 참으로 큰일을 했군."

각선의 입에서 나온 큰일이라는 말은 장하다는 기색과는 달랐다. 각선은 법륜이 기련마신을 참할 수 있을 거라곤 결코 생각하지 않았다. 그저 명분으로 삼으려 했다. 함부로 나설 수 없는 소림의 행보에 힘을 실어줄 그런 명분.

그런데 법륜이 강호로 나가면서 일이 커지기 시작했다. 구양 세가의 행사에 끼어드는가 하면 청해성에선 곤륜의 입지에 상처를 냈다. 소림의 제자라면 결단코 해서는 안 될 행동이었다.

그래서 파문을 했다. 그 결과가 지금이다.

"소림의 제자가 참으로 장한 일을 하지 않았습니까, 방장."

소림의 원로들은 각선 앞에서 법륜에 대한 칭찬을 뱉어내기에 바빴다. 다만 한 사람만은 소림 대부분의 원로들과 달랐다.

"그리 쉽게 말할 수 있는 일이 아닙니다. 그리고 소림의 제자라니요. 그는 파문제자입니다. 그 아이의 이름 앞에 소림의 이름을 올리지 마세요."

"어험."

"크흠."

곳곳에서 못마땅하다는 듯 헛기침이 터져 나왔다.

"아니, 지객원주는 어찌 그런 말을 한단 말인가?"

"사실을 말한 것뿐입니다. 그는 이미 파문제자이고 더는 소림이 관여할 수 없습니다. 그가 기련마신을 참했다 한들 그게 우리와 무슨 연관이 있단 말입니까?"

방장실에서 소란이 커지자 각선은 한숨을 쉬며 입을 열었다.

"후우, 사제는 그만하게. 여러분도 그만하시지요. 이런 이야기는 더 해봐야 의미가 없습니다. 각문 사제의 말대로 그 아이는 이미 파문제자이지요. 다만… 우리에게 여지는 있겠지요."

"여지요?"

"그와 연이 닿은 이가 태영사에 머물고 있소. 그것도 꽤 오래되었지. 그 아이가 이곳으로 올 가능성이 농후하니 그때 다시 인연을 논해도 좋겠지요. 오늘은 이만하고 다들 물러가세요. 그리고 지객원주는 잠시 남게."

"알겠소이다, 방장."

원로들이 물러가자 지객원주 각문은 한숨을 내쉬었다.

"참으로 믿기 힘든 이야기입니다. 그 아이는 어릴 때부터 믿기 힘든 일을 잘도 해내는군요. 구양 선배와 비무를 했을 때부터요."

"그 아이가 누구에게 배웠는지 생각한다면 그리 놀라운 일도 아닐세. 그리고 가져간 것도."

"그나저나 정말 그 아이에게 선을 대시럽니까? 아직 무슨 생각을 하고 있는지 모르지 않습니까. 게다가 태영사로 모여들고 있는 자들도… 확실히 수상하지 않습니까."

"음……."

태영사는 본디 버려진 사찰이었다.

항마동에서 나온 해천이 그곳에 법륜을 위해 자리 잡지 않았다면 시간이 흘러 썩어 없어질 폐사나 다름없었다. 그런데 지금은 달랐다. 그곳에 모여들고 있는 면면이 심히 수상쩍었다.

아직까지 그렇게 눈에 띄는 고수는 없지만 그것도 시간문제로 보였다. 이미 전대고수의 제자들이 몇몇 합류했다. 게다가 법륜이 그곳으로 돌아온다면 상황은 다시 한번 급변하리라.

"그 아이에 대한 소식은 또 없는가? 어디쯤 도달했는지, 어느 방향으로 올지 알 수가 없으니 할 수 있는 일이 그저 기다리는 것뿐이로구나."

"수소문을 좀 해볼까요?"

"그들이 뜻대로 움직여 주겠는가?"

각문의 수소문이란 말 그대로 수소문이다. 개방의 인사에게 법륜의 행방을 묻는 것이다.

"거부할 수는 없을 겁니다."

"그것은 모르는 일이지. 보게나. 과거 무허 사숙이 열반에 드셨을 때 우리가 어떤 취급을 받았는지, 또 남존무당이라 불리는 곳이 지금 어떤 일을 겪는지. 개방이 우리의 요청을 거부하지는 않겠지만 분명 부담을 느낄 걸세. 그럴 바에야 차라리 하오문이 좋겠군."

하오문이란 말에 각문이 소리쳤다.

"안 됩니다! 소림의 방장이 하오문에 정보를 구하다니요! 강호인들이 손가락질할 겁니다! 소림의 위신이 땅에 떨어진다구요! 그래도 괜찮으십니까?"

각선은 그런 각문을 보며 허허롭게 웃었다.

"위신? 그런 것은 상관없네. 위신을 세우고자 했으면 무허 사숙이 돌아가신 그때에 세워야 했네. 그랬다면 지금과는 상황이 조금 달랐겠지."

각선은 그대로 자리에 앉아 차디차게 식은 찻물을 덜어내고 다시 물을 끓여내기 시작했다. 손에 금광이 서리며 주전자에 든 물이 펄펄 끓어올랐다.

'놀라운 공부… 열양공을 저리 수월하게 다루시다니!'

각문의 놀람과는 상관없이 각선은 다시 다구(茶具)를 들어 찻물을 우려내기 시작했다. 뜨거운 김이 솟아오르자 각선이 다시 입을 열었다.

"나는 법륜 그 아이에게 대환단을 건넬 때 그 아이가 죽기를 바랐다네. 대신 너무 빨리 죽어서는 안 되니 무정 사숙께 그 아이를 부탁했지. 우리도 준비가 필요했으니까. 그런데 그 아이는 너무 빨리 성장했어. 산을 내려갈 때에도 법무에게 한 치의 밀림도 없었다네. 지금은… 아마 상대도 안 되겠지."

"그런……."

"내가 왜 이런 말을 하는지 궁금하지 않은가?"

"소제는… 방장 사형의 의도를 모르겠습니다."

"나는 그 아이를 부러질 칼로 생각했는데 어느새 명검이 되어 돌아왔군. 나는 그 칼을 어찌 써야 할지 고민하고 있는 게야."

"살검(殺劍)으로 쓰시려 합니까?"

"아직 모르겠네. 그대로 사용할지, 아니면 부러뜨릴지, 그도 아니라면… 그저 땅속에 박아두고 보관만 할 수도 있겠지."

*　　　　*　　　　*

얼마의 시간이 흘렀을까.

법륜은 침잠한 자신만의 세계에서 점차 부상했다. 금강령주로 상단전을 운용해 얻게 된 소득은 신안(神眼)뿐이 아니었다. 의식과 무의식의 분리, 그것이 가장 큰 공부였다.

"후우, 일단 이 정도면 전력의 칠 할은 무리 없이 낼 수 있 겠군."

법륜이 구사할 수 있는 무공의 칠 할.

경이적인 수준에 오른 법륜의 무공을 생각한다면 상당하리 라. 법륜이 한참 상단전의 활용을 궁구하고 있을 때 장산이 돌아왔다.

"상세는 좀 어떠십니까?"

"괜찮네. 그보다 알아보려고 한 것은?"

장산의 표정이 묘했다.

마치 생각하지도 못한 일이 생긴 것처럼 곤란한 표정을 짓 고 있었다. 법륜은 문득 치밀어 오르는 불안감에 애가 탔다.

"무슨 일이 있는 겐가?"

"그것이… 주군께서 딱히 신경 쓰실 일은 없었습니다만……."

"그런데?"

"상황이 이상하게 돌아가고 있습니다."

장산의 설명은 간략했다.

"일단 마의 가엾은 노사에 대한 건은 걱정하지 않으셔도 괜 찮겠습니다. 얼마 전 황금포쾌의 주도 아래 대규모 호송단과 함께 남경으로 출발했다고 합니다. 그 속에 마의께서도 포함 되었으니 가장 큰 걱정은 덜었습니다."

"그렇다면 다행이로군. 그런데 무엇이 이상하단 말인가?"

장산은 법륜의 물음에 주저했다.

"그게… 앞으로의 여정에 도움이 될까 하여 섬서와 하남에 관한 정보를 물었는데… 변고가 생겼답니다."

"변고?"

"시작은 구양세가의 비화군 구양정균이 소림에 주군을 내놓으라고 패악을 부린 것부터였습니다. 법오라는 무승이 백팔나한을 이끌고 비화군 일행을 몰아낸 뒤 그들이 백호방에 찾아가 행패를 부린 모양입니다. 소림에 죄를 물을 수 없으니 백호방주를 압박하기 위해 그런 것 같습디다."

"백호방을? 그렇다면 그곳에 남아 있던 사람들은 어찌 되었는가?"

"그게… 한동안 싸움이 치열했다고 하더군요. 백호방이 구양세가에 댈 것은 아니지만… 구양세가도 체면을 생각해서 적당한 수준에서 일진일퇴를 거듭한 모양입니다. 그런데 문제는… 백호방의 방도들이 어느 날 갑자기 증발했다고 하더군요."

"증발? 어찌 그럴 수 있지? 백호방에 남아 있는 사람들의 면면이야 그렇게 대단하다 할 것은 없지만, 그래도 쉽게 물러서지 않았을 텐데……."

"그게 이상하다는 겁니다. 하오문이 말하는 바에 따르면 백호방에 머물고 있는 사람들은 무인을 제외하고도 수십 명이었습니다. 그런 자들이 하루아침에 증발했다는 것은 있을 수 없는 일이니 무언가 알지 못할 사정이 있는 것이지 않겠습니까."

법륜의 표정이 매서웠다.

어떤 세력이 야료를 부리는지는 몰라도 잡히면 가만두지 않겠다는 기색이 역력했다. 일단은 그렇게 생각했다. 하오문도 잡아내지 못할 정도의 세력이라면 거대 조직일 가능성이 높았다. 게다가 무공을 모르는 가솔 수십 명을 중원을 양분한 정보 조직이 놓쳤다면 지닌 실력도 상당할 게다.

"그렇다면… 굳이 한중을 경유해 움직일 필요가 없다는 말이로군."

"일단은… 그런 셈입니다."

장산이 무거운 어조로 대꾸하자 법륜은 손짓으로 그를 내보냈다. 아주 고약한 상황이다. 은인의 식솔들이 어찌 되었는지 갈피조차 잡을 수 없다는 것은. 법륜은 처음으로 자신이 지닌 무공의 한계를 실감했다.

'내가 할 수 있는 일이라곤 그저 죽이고 또 죽이는 일뿐이로구나.'

조용히 장산이 나간 방문을 바라봤다.

그 얇은 문 하나를 기준으로 살고 있는 세상이 다른 것만 같은 기분이 들었다. 이쪽은 살인마의 세상, 저쪽은 평범하고 소박한 이들의 세상.

"어찌 될지는… 그때 가봐야 알 수 있을 터. 부디 그때까지만 살아계시오."

법륜은 자조적인 목소리로 다짐했다.

그들은 지금 소림으로 돌아간다. 아니, 소림 아래의 태영사로 간다. 태영사에서 해천이 얼마나 많은 힘을 비축해 두었는지 알 수 없다. 하지만 자신과 사숙이 머물던 인적 드문 산속까지 단번에 찾아올 정도라면 보통은 아닐 게다.

그렇다면 개방과 하오문이 실마리를 놓쳤다고 해도 한 가닥 기대를 걸어볼 만했다. 태영사는 정보원을 직접 움직이는 것이 아니라 정보를 든 사람 그 자체를 사는 것이니. 태영사에 대해 떠올린 법륜은 나지막이 한숨을 내쉬었다.

"쉬고 싶구나."

쉬고 싶은 생각이 간절했다.

마신과의 일전은 그토록 정신과 육신 둘 모두를 갉아먹었다. 부상이나 체력의 문제가 아니었다. 피로감의 문제였다. 지금까지 근 십 년의 세월을 무공 하나만 바라보고 살아온 법륜이다. 그 목적은 마신의 목이었고, 그 숙원을 달성한 지금 그가 이런 삶에 대한 피로감을 나타내는 것도 이상한 일은 아니리라.

"거기에다 소림으로 돌아가면 또 어떤 일이 벌어질지 모르는 상황이니……."

단순한 피로감 때문이라면 법륜이 고민하지도 않았을 터.

진정한 문제는 소림에 있었다. 법륜은 소림에서 파문당했으나 계속해서 소림이라는 이름을 꼬리표처럼 달고 다녔다. 게다가 처음 방장이 의도한 것과 반대로 행동했다.

방장은 법륜이 마신과의 일전에서 겨우 살아 돌아오거나 혹은 죽기를 바랐을 터. 그래야 소림이 나설 명분이 충족되는 꼴이니까. 하나 결과는 그는 살았고 마신은 죽었다.

소림의 이름을 드높여야 할 자리에 자신의 이름이 올라간 격이다. 그런 상황에서 소림으로 돌아간다? 당장 항마동으로 끌려가도 이상할 것이 없었다.

'거기에 태영사까지…….'

태영사도 걸림돌 중 하나이다.

해천이 끌어들인 이들은 마인의 후예였다. 비록 그가 직접 본 인물이 장산과 사경무 단 둘뿐이라지만 또 어떤 인물들을 끌어들였는지 알 수 없다. 주변을 감싸고 있는 모든 것이 걸림돌이다.

"그래도… 물러설 수는 없겠지."

법륜은 스스로의 선택에 책임을 지기로 했다.

애초에 그럴 생각으로 산을 내려오지 않았던가. 벌써 본산을 내려온 지 다섯 해를 넘겼다. 소림의 역사상 그 어떤 제자도 자신처럼 행동한 사람이 없을 것이다. 자신은 소림, 아니,

정도 무림의 입장에서 보자면 생태계를 흐리는 미꾸라지나 다름없을 게다.

애초에 그런 낙인이 찍혔으니 그 꼬리표를 벗어나려 노력하기보단 무시 못 할 세력을 갖춘 채 실력 행사를 하는 쪽이 나아 보였다.

"할 일이 많겠어."

법륜은 이제 주어진 하루의 휴식을 마저 취한 다음 다시 달리기 시작할 것이다. 절대 멈출 수 없는 달리기를.

＊　　　　＊　　　　＊

법륜과 장산은 하남까지 천천히 움직였다.

섬서성 한중을 경유할 필요가 없어지자 오히려 행보가 더 자유로워졌다. 그렇기에 그들에게는 여유가 생겼다. 주변을 돌아보고 상황을 정리해 앞으로 나아갈 여유가.

"일단 섬서에 있는 전서방을 이용해 태영사에 기별을 넣는 것이 좋겠습니다. 그래야 앞뒤가 맞지 않겠습니까?"

"앞뒤라니?"

"지금 우리는 소림의 내부 사정에 대해선 까막눈이나 다름없습니다. 태영사는 지척이니 소림의 의중 정도는 살펴볼 수 있지 않겠습니까? 그 연락을 받고 행보를 결정하는 것이 도움이 될 겁니다."

"그렇다면 하남으로 접어들기 전에 모든 일을 마무리해야 한다는 말이로군."

"예, 무조건 하남 진입 전에 입을 맞춰야 합니다."

장산이 대답과 함께 고개를 끄덕였다.

하남은 소림의 세력권이다. 소림의 본산 제자들이 돌아다니는 것은 아니지만, 속가라 불리는 이들이 지천에 깔려 있고 민초들 또한 소림의 속가라 물으면 보고 들은 것을 정확하게 전달할 게다.

그러니 하남에 들어서기 전 태영사에 있는 해천과 모든 것을 결정지은 후 움직이는 것이 양쪽 모두에 유리했다. 법륜은 장산의 말에 동의했다.

"그보다 이제 우리의 이야기를 조금 해보는 게 어떨까?"

법륜이 장산을 바라보며 미소 짓자 장산은 어리둥절한 표정을 지었다.

"우리… 의 이야기라니요?"

"그동안 자네에게 유독 신경을 쓰지 못한 것 같아서 말이야. 도움만 받았지."

"도움이라니……."

법륜은 장산을 뒤로한 채 앞서 걸었다.

"검마 백부, 그러니까 장요 백부는 내 부친과 각별한 사이라고 들었다. 백부께서 비록 세월을 뛰어넘어 군신의 예를 갖추셨지만 해천 공께 듣기로는 친형제나 다름없는 사이셨다고 하더군. 자네는 백부의 손자이니 배분이야 조금 꼬이긴 하겠지만… 그런 것이 이제 와서 우리에게 의미가 있겠느냐는 말일세."

"그 말씀은……."

"자네의 무공, 해천 공께 듣기론 백부님의 무공과는 조금 다르더군. 그분의 검공은 비록 마공을 기반으로 두셨지만 검결에 맺힌 심득은 대단했다 하시더군. 무당파의 검공과 비교해도 손색이 없다 하셨다. 무당의 검공은 면면부절(綿綿不絶), 끊임없이 이어지는 검결이 요체라 했음이나 자네의 검공은 달라. 일격단타, 한 번의 내침에 반드시 피를 보아야겠다는 의지가 가득해. 그래서는… 안 될 일일세."

법륜은 조심스러웠다.

장산은 홀로 무공을 연마했다. 가르쳐 줄 스승이 없고 손에 쥔 것은 비급이 전부였으니 검마와 구사하는 무공이 다를 수밖에 없다. 그 말은 곧 장산이 스스로 무공을 쌓아왔다는 말과 다르지 않았다.

비급만으로 무공을 쌓아 절정까지 올랐다는 것은 무공을 구사하는 본인의 철학이나 심득이 담기지 않았다면 불가능한 일이다.

"그런… 생각은 한 번도 해본 적이 없군요. 앞서간 이의 발자취를 좇는다……."

장산의 어조는 착 가라앉아 있었다.

단연코 생각해 본 적 없는 문제였다. 앞서간 선지자의 무공과 내 무공의 다른 점을 찾는다? 스승이 있었다면 모르지만 비급에 나와 있는 것만 보곤 불가능한 일이다.

"그래서 하남에 이를 때까지 자네의 무공을 좀 봐주려 하는데… 괜찮겠나?"

둘의 걸음은 어느새 멈춰 있었다. 장산은 법륜의 등을 향해 포권을 취해 보였다.

"물론입니다. 오히려 부탁드리고 싶은 일이군요."

법륜은 장산의 표정에서 진중함을 느꼈다.

앞으로 나아가고자 하는 이의 얼굴이다. 다행이라는 생각이 먼저 들었다. 무공을 뜯어고친다는 것은 앞서간 길을 철저히 부정하는 일이 될 테니. 그렇기에 무정도 법륜이 소림의 무공을 변형할 때 역정을 내지 않았던가.

"그렇다면 오늘 밤부터 시작하세."

두 사람의 시선이 교차했다.

제이십사장(第二十四章)

정련(精鍊)

두 사람의 걸음은 계속해서 느려졌다.

전서방을 이용해 태영사에 기별을 넣은 뒤 섬서와 하남의 경계에 머무르며 기별을 기다렸다. 생각보다 기별이 늦어지는 것을 보며 법륜은 마음이 무거웠지만 내색하지 않았다. 지금은 눈앞에 사력을 다하는 장산을 지도하는 것에만 충실해야 한다. 잘 단련된 무인의 감각은 그만큼 예민하니까.

슈우우웅!

장산의 거검이 법륜의 정수리로 떨어졌다.

법륜은 그 일격을 허투루 보지 않았다. 그럴 만한 가치가 있는 일격이기 때문이다. 장산의 무공 수준은 이제 절정. 기를 유형화해 검기상인을 이루는 경지다. 법륜과의 무공 격차를 생각하면 하품하면서도 막을 정도의 일격이었으나 그 기세만큼은 산을 가르듯 강렬했다.

'거검 때문이로군. 아니, 무공 때문에 거검을 사용하는 거야.'

장산의 무공은 말 그대로 일격일살. 칼을 뽑으면 반드시 피를 보고야 마는 무공이다. 이런 무공은 분명 강력하지만 약점도 분명하다.

채애앵!

법륜이 가볍게 손등으로 거검을 쳐내자 기세를 품은 장산의 검이 허공으로 튕겨 나갔다. 그리고 드러나는 빈틈. 법륜은 그 빈틈을 향해 손바닥을 살짝 내밀었다.

터억!

장산은 가슴에 닿은 법륜의 손을 보며 믿을 수 없다는 표정을 지었다. 지금까지 상대한 어느 누구도 자신의 검을 이렇게 가볍게 밀어내지 못했다. 품고 있는 기세가 상당하다 보니 검을 쳐내기보다 뒤로 회피하거나 방향을 뒤트는 정도가 다였다.

하늘 위에 하늘.

천외천의 무공에 장산은 혀를 내둘렀다. 섬서와 하남의 경계에 들어서고 몇 번을 치른 대련이다. 이런 식이라면 자신에게도 법륜에게도 전혀 도움이 안 된다.

"이렇게… 쉽게……."

"무공이 부족해서가 아닐세."

법륜은 장산의 망연자실한 표정에 그의 말을 급히 부인했다.

"무공이 부족해서가 아니라면 무엇이 문제입니까? 주군께서는 분명 일수에 제 전력이 담긴 검격을 밀어내셨지요."

"경험."

"경험이라……."

법륜의 지적은 타당했다.

경험의 부재. 그것이 장산이 가진 최대 약점이었다.

"검을 밀어냈을 때 당황했을 거요. 그런 경우는 별로 경험해 본 적 없을 테니까. 게다가 산에서 내려와 제대로 된 실전을 겪어보질 않았으니 당황하는 것도 무리는 아니지."

"그렇다면… 시간이 지나면 해결이 되겠습니까?"

아니다.

시간이 지나도 해결되지는 않을 게다. 시간이 모든 것을 해결해 준다면 삼류무공을 익힌 낭인도 초절의 무공을 구사해야 옳다. 그 말이 얼마나 말도 안 되는 것인지 본인도 알 것이다.

"시간이 모든 것을 해결해 주지는 않지. 말하지 않았는가? 백부님의 무공과 자네의 무공은 분명히 다르다고."

"조부님의 무공이라……."

"백부님의 무공은 끊임없이 이어지는 검격에 태산과 같은 힘을 실었다고 하셨지. 그게 자네에게 주어진 숙제일세. 그게 가능하다면… 많은 것이 달라지겠지."

"제가 할 수 있겠습니까?"

법륜은 손가락으로 제 관자놀이를 툭툭 쳤다.

"경험, 그리고 사고(思考)의 차이. 그 점을 명심하게."

"경험과 사고의 차이라……."

"생각할 시간이 필요한 것 같군. 생각이 정리되면 내려오게. 먼저 가 기다리지."

법륜이 산을 내려가자 장산은 그 자리에서 눈을 감았다.

무엇이 다를까. 자신과 주군의 차이는. 그저 무공이 높기에 더 많은 것을 볼 수 있는 게 아닐까 하는 생각마저 들었다.

'검격을 끊임없이 쳐낸다……. 불가능한 일은 아니야. 단지…….'

그러자면 지금 그가 지닌 무공의 최대의 장점을 포기해야 한다. 일격일살. 내가 다치더라도 반드시 목숨을 취하겠다는 그 일념. 그 정신이 장산의 무공을 구성하는 가장 큰 얼개였다.

무공의 가장 큰 장점을 버리라는 것은 집을 다 세워놓고 그 주춧돌을 빼버리라는 말과 같다. 그럼에도 법륜이 굳이 사고의 차이를 들먹인 것은 지금과는 달리 생각하라는 것과 같다.

'사고의 차이라……. 이만한 검격을 검을 쳐내는 동안 계속해서 유지할 수 있을까?'

불가능하다.

그렇기에 장산이 마주한 벽은 높고도 두꺼웠다. 장산은 그자리에 서서 장고에 돌입했다.

＊　　　　　＊　　　　　＊

"잘해내겠지."

법륜은 산을 내려서며 그의 무공에 대해 떠올렸다.

굳이 나서서 사고의 차이를 지적한 것은 그가 생각을 조금 더 유연하게 했으면 해서이다. 법륜은 그가 홀로 수련할 때 멀찍이서 지켜본 적이 있다. 잘만 다듬는다면 상상 이상의 파괴력을 낼 수 있는 무공이었다.

"그렇지만 한계도 명확해."

그래서 그에게 사고의 전환을 요구했다.

그는 선택하리라. 검마의 방식을 따르든, 아니면 자신만의 방법을 찾든 변화를 이룩할 것이다.

"그만의 방법을 찾았으면 좋겠군."

법륜이 산을 내려오자 하늘은 이미 어둑해져 있었다.

하남에서 소식이 오기까지 한참을 기다려야 하니 서두르지도, 걸음을 재촉할 이유도, 필요성도 못 느꼈다. 하지만 그런 생각은 법륜이 여장을 푼 객잔에 들어섰을 때 송두리째 바뀌었다.

"오랜만이군."

"당신은……!"

법륜의 눈앞에 서 있는 남자.

화상으로 일그러진 얼굴에 검은색 장포, 허리춤에 찬 검까지. 도저히 잊을 수 없는 인물이다. 하지만 기억과 다른 점도 있었다.

"홍 대주, 팔이……!"

홍균은 법륜 앞에서 비틀린 웃음을 지었다.

왼쪽 팔이 달아난 뒤로 생겨난 버릇이다.

"천야차 법륜, 그간 잘 지냈는가?"

"물론입니다. 아니, 그보다 어찌……."

"이 팔 말인가?"

홍균은 펄럭이는 소맷자락을 들어 보였다.

팔꿈치부터 잘려 나간 탓에 장포의 소매가 축 늘어져 보였다.

"일이 좀 있었지. 그 일이 자네와 무관하지도 않고."

"제가… 말입니까?"

"그래. 자네도 알고 있겠지. 금룡수사 조비영."

"조 대주……."

홍균이 고개를 끄덕였다.

"이런 말을 전해서 미안하군. 자네가 황실에 넘긴 이공자, 우리가 되찾았다네. 그 대가였지, 내 왼팔은."

홍균의 말에 법륜은 침음을 흘렸다.

질기디질긴 인연이다. 그놈은 죽지도 않는다. 엄청난 생명력이다. 아니, 엄청난 운이다.

"가문에선 걱정이 많아."

"구양세가에서 말입니까? 지금 구양세가가 제 눈치를 본다는 말입니까?"

법륜이 눈을 치켜뜨자 홍균의 비틀린 입매가 더 높이 올라갔다.

"세가의 정보력은 자네가 생각하는 것보다 뛰어나. 비록 개방에 의지하는 것이긴 하지만… 이공자가 살겁을 저지른 것도, 그런 이공자를 황실의 인사에게 넘긴 것도 알아냈지."

홍균은 잠시 말을 끌었다.

이 말을 해도 될지 고민하는 표정이 역력했다. 이내 홍균의 입이 열렸다.

"그리고… 자네가 이곳에 머무르고 있는 것도 진즉에 알았지. 그럼에도 찾지 않은 것은 자네가 두렵기 때문일세. 그러다 결국 내가 왔지."

"우리가 여기에 머문 것을 진즉에 알고 있었다? 딱히 숨기지 않았으니 그것은 충분히 이해합니다. 그보다 대답이나 해주시지요. 아직 제 물음에 답하지 않으셨습니다."

법륜의 말 그대로였다.

그들은 신분을 숨긴 적이 없었다. 법륜은 여전히 승복에 민머리였고, 장산은 거검을 숨기기는커녕 당당하게 등에 메고 거리를 활보했다. 이 독특한 조합이 눈에 띄지 않았다면 개방이나 하오문이나 모두 장님이다.

"눈치를 본다는 것 말인가? 말 그대로일세. 가문의 치부, 십대마존을 격살한 무공, 드높아지는 명성. 이제는 천야차가 아니라 신승(神僧)이라 불린다지? 천하가 자네를 주목하고 있음이야. 눈치를 보는 것이 당연하지 않은가?"

법륜은 홍균의 말에 웃음을 터뜨렸다.

고작 그런 허명으로 팔대세가가 눈치를 본다니 말도 안 되는 일이다. 법륜은 강하다. 하지만 팔대세가도 강하다. 그들이 지닌 힘은 법륜의 힘을 상회한다.

법륜이 개세의 무공을 가지고 있어도 한 손으로 열 손을 당해내긴 어려운 법이다. 거기다 세가는 마르지 않는 금력을 가지고 있다. 가문끼리의 연계는 또 어떠한가. 한 세가가 나서면 다른 이들도 우르르 따라나선다. 도저히 개인으론 당해낼 수 없는 힘이다.

"그 말은 도저히 믿을 수가 없군요. 그래서 무슨 목적으로 찾아오신 겁니까?"

"달리 목적이 있어서 온 것은 아니야. 자네가 무슨 생각을 하고 있는지 궁금해서 온 것이지."

"그리 간단한 문제였다면 그 누가 와도 상관없지 않았겠습니까? 그런 일에 홍 대주가 직접 움직였다? 차라리 인연에 기대어 무언가를 얻어내려 왔다는 것이 설득력이 있겠습니다."

홍균은 법륜의 비꼼에 입을 다물었다.

비틀려 올라간 입매도 제자리를 찾았다. 처음 보았을 땐 무공밖에 모르던 순진한 청년 같더니 몇 년 강호를 전전했다고 벌써 눈치를 챈다. 홍균은 지금이 승부수를 던져야 할 때라는 것을 본능적으로 깨달았다.

"자네가 내 목을 치더라도 기꺼이 받아들이겠네. 내 부탁을, 아니, 가문의 부탁을 들어주게."

"부탁이라니요. 그리고 제가 홍 대주의 목을 취해서 어디에다 쓴단 말입니까?"

"내 이야기를 들으면 자네는 분명… 내 목을 치고 싶을 걸세. 그래도 좋으니 부디 청을 물리치지 말아주게."

"홍 대주가 그렇게까지 말하니 이야기나 들어봅시다."

법륜은 홍균을 객잔의 가장 구석진 자리로 이끌었다.

구양세가의 화륜대주가 이렇게까지 저자세로 나올 일이라면 남들이 들어서 좋을 것이 하나도 없기 때문이다.

"말씀하시지요."

"알겠네. 그리고 고맙군. 이야기라도 들어주어서."

그 말을 끝으로 홍균의 입이 꽉 다물린 조개처럼 닫혔다. 그 대신 품에서 서찰을 하나 꺼내 법륜에게 건넸다. 법륜이 서신을 펼치자 정갈한 문체로 글귀가 적혀 있다.

신승 법륜 전 상서.

법륜의 표정이 굳어졌다.

상서라니. 세가에 자신과 연관이 있는 인물 중 그보다 아랫사람은 없었다. 배분을 따지려 한다면 그보다 높은 자는 몇 없겠지만 세상 일이 어디 배분만으로 해결이 되던가. 눈앞에 있는 홍균만 해도 서로 존중하지 않던가.

법륜은 정신없이 글귀를 읽어 내려갔다.

이렇게 서신으로 인사를 올리게 되어 송구합니다. 하물며 청을 하는 처지에 얼굴을 비추지 못함을 용서하셔요. 굳이 이렇게 홍 대주를 통해 서신을 전달하고자 한 의도는 다름이 아닙니다.

부디 제 조부를 구해주세요. 조부께서는 현재 가문에 유폐된 상황입니다. 지니신 무공도 태반을 소실하셨고 심각한 부상까지 입으신 상태입니다. 가문의 힘만으로는 조부님을 구함할 수 없는 상황입니다. 부디 선처를 베푸시어 가문에 은혜를 베풀어주시기 바랍니다.

구양연 올림.

서찰의 끝에 서신의 발신자가 드러났다.

구양연. 구양세가의 장중보옥. 모란꽃같이 기품 있던 여인이 보낸 서찰이다.

"이 서신이 말하는 바가 사실이오?"

홍균은 무겁게 고개를 끄덕였다.

"전부 사실일세. 태상께서는 심각한 부상을 입고 유폐된 상황이고… 가주께서는… 생사를 알 수 없네."

"가주까지요? 그건……."

"말도 안 되는 이야기라는 거 나도 잘 아네. 하지만 분명한 사실이야."

"도대체 뭐가 문젭니까? 노선배의 무공이야 내 잘 압니다. 그분이 손쓰기도 힘들 정도로 부상을 입고 유폐까지 되었다? 도저히 믿기 힘든 이야깁니다만."

"그래서일세. 이공자… 아니, 이제는 그 개 같은 놈이라 불러야 마땅하겠지. 그 개잡놈 때문에 이 사달이 일어났네."

"마인 때문이라……?"

"입이 열 개라도 할 말이 없군. 가문에선 그를… 구원하기를 원했고 결과가 그렇게 되었지만… 태상께서는 후회하지 않으셨네. 그래서… 그렇게 계시는 걸세."

"그 말씀은… 노선배가 그리 위중한 상황은 아니라 판단해도 되겠습니까?"

홍균은 한숨을 내쉬었다.

충분히 위중한 상황이다. 구양백이 아무리 초절정의 끝자락에 오른 고수라지만 그의 육신은 늙었다. 상처가 그리 깊지는 않았지만 그대로 둔다면 위험한 상황이 올지도 모른다.

구양백 또한 그것을 모르지는 않을 터.

그는 무인이다. 그것도 높은 경지에 오른 무인. 무인이 자신의 불안정한 몸 상태에 대해서 모른다는 것은 말이 안 된다. 그저 묵인하는 것이다. 손자에 대한 지나친 애정이 그를 좀먹고 있는 것이다.

"그렇다면 그렇다고 볼 수도 있겠지. 문제는 가주일세. 가주는 행방불명이야. 팔대세가의 주인이나 되는 사람이 증발했다? 그건 증발이 아니겠지. 이공자의 짓이야. 그런데 태상께서는 아들보다 손자를 택했어. 그것이… 가문을 좀먹고 있네."

법륜은 홍균의 긴 한숨 끝에 뱉어낸 진실에 마음 한구석에 허한 감정이 들었다.

"노선배는 외면을 택했군요. 제가 도와드릴 수 있는 부분은… 없는 것 같습니다."

법륜이 정중하게 고개를 숙이자 홍균 또한 고개를 끄덕였다. 그 또한 법륜이 이번 일을 해결해 줄 것이라곤 생각지 않았다. 그저 답답한 마음에, 그 어떤 것보다 우선한 가문에 생긴 치부가 부끄러워 그를 찾은 것이 아닌가.

"그대가 미안해할 필요는 없는 일이야. 나 또한… 이곳에 오며 일이 해결될 것이라곤 생각지 않았으니. 태상께서 마음을 돌리면 모두 해결될 일이건만… 그럴 생각 자체가 없으신 것 같으니."

"방법은 있습니다."

홍균의 자조 어린 말에 법륜은 그의 말을 급히 끊었다.

법륜은 고심했다. 무엇 때문인지는 너무나 명확하게 알고 있다. 구양선 그가 사달을 일으키면서 그 사건의 시작부터 함께한 법륜이다.

'그는 피해자일까, 아니면 가해자일까?'

분명한 것은 모든 일의 원인이 그로 지목된다는 점이다.

자신은 편협했다. 하지만 그는 법륜이 생각한 것보다 더 지독하고 악랄했다.

"문제는 노선배입니다. 그분이 결정을 내리셔야 합니다. 저는… 구양선 그자를 잘 알아요. 그는 분명히 구양 가주가 선택한 희생양이었죠."

"희생양이라……."

"처음에는… 처음에는 말입니다. 그러나 이제 그는 더 이상 희생양이 아닙니다. 마인이지요. 어쩔 수 없는 선택으로 마인이 되었다고는 하지만 그가 저지른 일의 면면을 보십시오. 제정신이라면 결코 저지를 수 없는 짓거리입니다."

"지금은 잘잘못을 따지고 있을 겨를이 없네. 그래서 뭔가? 자네가 생각하는 방법은."

법륜은 홍균의 다급한 재촉에 단 한 마디만을 내뱉었다.

"정도."

단호한 법륜의 기세에 홍균은 절로 어깨가 움츠러드는 것 같았다. 정론이다. 정론이기에 약점이 너무 많았다. 또한 정론이기에 그 누구도 그 사실을 무시할 수 없었다.

"정도, 정도라……. 가능하리라 보는가? 정론이긴 하지만 태상께서 직접 선택한 일일세. 그분의 마음을 돌리지 못한다면 정도라는 것은 허울 좋은 명분일 뿐이야."

"노선배는 강호에 이름 높은 명숙입니다. 손자에 대한 애정이 눈을 가리고 있을 뿐, 그 안개를 걷어내면 될 일입니다. 그분께 전해주시지요. 손자를 위한다면 그만한 대가를 치르라고. 그리고 그 대가는 노선배의 묵인이 담긴 목숨이 아니라 그를 진짜 바른길로 이끄는 것이라 말입니다."

법륜은 그것을 끝으로 자리에서 일어났다. 밤이 깊었다. 구양세가의 일은 구양세가의 일이다. 구양세가의 장중보옥이 도움을 청했지만 그가 개입할 명분도 의사도 없었다.

문제는 또 있다.

이건 한 가문의 일이다. 그가 개입하는 순간 구양세가는 집안일이 아니라 가문과 구파의 일이라는 명분을 준다. 이런 개입에 철두철미한 세가들이 구양세가의 틈을 노리고 들어올지도 모르고, 세가를 아니꼽게 바라보는 구파가 어떤 제재를 걸지도 알 수 없다.

"부디 원만히 해결되길……."

구양백은 어떤 의미에서 법륜의 스승과도 같은 사람이다. 산에서 내려와 어찌할 바를 모르던 법륜은 그로 인해 나아가야 할 길을 알게 되었다. 하지만 그는 태평했다.

너무 잘 알기 때문이다.

구양백이라는 노고수가 가지고 있는 무공을, 그 성정을, 그리고 구양선이라는 마인이 지닌 무공이 어떠한지를 너무 잘 아는 까닭이다.

'십초지적이나 될까?'

구양선은 구양백이 마음만 먹으면 제압할 수 있는 천둥벌거숭이다. 언제까지 마공만 믿고 날뛰다간 구파의 장로 하나만 만나도 목이 떨어질 게다.

법륜은 구양세가에 대한 고민은 그만하기로 했다.

의미도 없는 일에 심력을 낭비하고 싶지 않았다. 대신 법륜은 전서방으로 걸음을 옮겼다. 지금 중요한 것은 구양세가가 아니라 태영사였다. 그리고 백호방이다.

그가 전서방으로 이동할 때 저 멀리 장산이 다가오는 것이 보였다. 법륜은 장산에게 미소를 지으며 물었다.

"진척은 좀 있고?"

"사고의 전환이라는 게 생각만큼 잘 이뤄지지 않더군요. 시간을 두고 차차 고민해 보기로 했습니다. 그보다… 아까 누군가 찾아온 것 같던데, 누굽니까?"

"아, 그런 사람이 있네."

법륜은 장산에게 에둘러 대꾸했다.

굳이 알아봐야 좋을 것이 없었다. 장산의 진중한 성격상 끼어들자고 강짜를 부리진 않겠지만 나서서 신경 쓰게 하고 싶지 않았다.

장산은 법륜의 대꾸에 슬쩍 미소를 흘렸다.

그 또한 눈치가 있는 사람이다. 법륜이 별로 관여하고 싶어 하지 않는다는 것을 안 이상 일을 크게 벌일 생각도 없었고.

"이야기가 좀 길어지는 것 같아 전서방에 다녀왔습니다. 서신이 왔더군요."

"서신이?"

"네, 태영삽니다. 별다른 말은 없고 기다려 달라고 하더군요. 사람을 보내겠다고 합니다."

장산은 품속에서 서신을 꺼내 법륜에게 내밀었다.

장산의 말 그대로였다. 해천의 필체가 짤막하게 남아 있었다.

"태영사에서 서신을 받고 움직였다면 보름쯤 더 기다려야 하겠군요. 백호방에 관한 건은… 따로 언급이 없으니 어찌 되었는지 알 수가 없겠습니다."

"그렇군. 일단 기다려 보도록 하지."

법륜은 해천의 속내를 짐작할 수 없었다.

섬서와 하남의 경계에서 머무르는 동안 그들은 대놓고 대로를 활보했다. 태영사의 정보력으로 볼 때 법륜과 장산이 이곳에 머무르는 것을 모를 리 없을 터인데도 간략하게 서신만을 보냈다는 것은 무언가 어려움이 있다는 말이다.

"너무 걱정하지 마시지요. 사정이 있지 않았겠습니까."

장산은 법륜의 걱정을 덜기 위해 노력했다.

태영사의 위치는 참으로 애매했다. 숭산에 있고 본산에서 침묵하고 있으니 소림이나 다름없지 않냐 생각할지 모르겠지만, 그런 태영사를 이끄는 실질적인 주인이 파문제자인 법륜이다. 물밑으로 어떤 말들이 오갔을지 짐작이 가질 않았다.

'도대체 무슨 일이기에……'

그런 법륜의 고민은 해천의 서신을 받고 나서 보름 하고도 사흘 뒤 말끔하게 날아갔다. 그를 찾아온 인물은 전혀 의외의 인물이었다. 소매가 없는 무복을 입고 두툼한 팔뚝을 드러낸 채 포권을 취한 인물.

"오랜만에 뵙습니다. 시간이 많이 흘렀지요."

그는 다름 아닌 백호방의 부방주 장욱이었다.

"이게……."

법륜은 지금의 상황을 사실 그대로 받아들이기에 무리가 있다고 판단했다. 한중에서 사라진 장욱이 여기에 있다? 게다가 해천이 다독이고 있는 태영사를 통해서 그가 자신을 찾아왔다는 사실이 도저히 믿기질 않았다.

장욱은 그런 법륜을 보며 굳은 얼굴을 풀지 않았다.

"설명하려면 이야기가 꽤 깁니다. 지금 이야기를 시작하면 날이 새도 부족할 겁니다. 별다른 준비가 필요하지 않으시다면 하남으로 이동하면서 이야기를 들려 드려도 되겠습니까?"

장욱의 정중한 말에 법륜과 장산은 눈을 끔뻑였다.

모든 것을 알고 있는 듯한 태도와 말투에서 짙은 위화감을 느낀 탓이다. 그러나 법륜은 그런 장욱의 제안을 뿌리치지 못했다. 빚이 있는 까닭이다.

"그러지요. 장산, 짐을 챙겨오게. 이동할 시간인 듯하니."

법륜이 장산을 물리고 장욱에게 가까이 다가섰다.

그러곤 고개부터 숙였다.

"사숙을 끌어들이지 않았다면… 지금과 같은 상황은 없었 겠지요. 백호방이 곤경에 처하지도 않았을 테고 근거지를 버 릴 일도 없었을 테니."

장욱은 법륜의 과례가 부담스러웠다.

"이러지 마십시오. 이미 지나간 일입니다. 그 이야기는 더는 하고 싶지 않습니다."

"그렇다면 제 사과를 받아주십시오. 그래야만 함께할 수 있 습니다."

"후우."

장욱은 머리를 긁적이며 한숨을 내쉬었다.

백호방주 여립산이 방을 떠난 뒤부터 백호방을 책임져 온 장욱이다. 단 한 점의 한(恨)이 없다면 거짓이겠지만 그렇다고 해서 법륜을 원망할 생각은 추호도 없었다. 방을 떠난 건 방 주의 선택이었다. 그가 하늘처럼 모시던 자가 자유의지로 방 을 떠난 것이니 기실 이 일에 대한 모든 책임은 여립산이 져 야 하는 것이 맞다.

하지만 그는 이미 죽은 자다.

장욱은 여립산이 독안도로 활동할 때 그의 행방을 접했다. 하지만 찾지 않았다. 그가 방을 떠날 때 본인에게 그 책임을 전달하고 떠났으니까.

"일단 그 사과는 담아주시는 것이 좋겠습니다."

"그렇지만……."

"받지 않겠다는 것이 아닙니다. 지금 이곳을 보십시오. 눈으로 사람을 상하게 할 수 있다면 우리는 이미 수백 번은 난도질당했을 겁니다."

"아……."

법륜은 그제야 시전 상인들과 사람들이 그들을 주목하고 있다는 것을 깨달았다. 절대의 위용을 자랑하는 고수치고 너무 얼이 빠져 있었다.

'정신을 빼놓았군. 예상치 못한 인물들을 연달아 만나서인지…….'

화륜대주 홍균에 백호방의 부방주 장욱까지.

그가 예상한 면면은 분명 아니었다. 그래도 이렇게까지 얼을 빼고 있었을 줄이야. 지금과 같이 전력의 칠 할밖에 낼 수 없는 상황에서 그와 동급인 무인을 만난다면? 십중십 필패다. 부정할 수 없는 사실이다.

'반성해야겠군.'

법륜은 장욱과 함께 조용히 구석진 자리로 이동했다.

얼마 지나지 않아 저 멀리 장산이 짐을 들고 서둘러 오는 모습이 보였다. 장산의 등에 매달린 짐은 얼마 되지 않았다. 갈아 입을 의복 몇 벌과 건량 몇 개가 전부이니 많을 수가 없다.

"그럼… 이만 출발하시지요."

장욱의 말에 이제는 세 사람이 된 일행은 조용히 하남으로 진입했다.

*　　　　*　　　　*

"그러니까 백호방의 식솔들이 움직인 것이 태영사가 꾸민 일이다?"

"그렇습니다."

장욱은 앞서 나가며 힘차게 고개를 끄덕였다.

"많은 일이 있었죠. 구양세가는 우리를 못 잡아먹어 안달이었지, 세간의 눈길도 곱지 않지, 그야말로 진퇴양난이었습니다."

"내가 알기로 태영사는 그리 크지 않습니다. 그런 행동을 할 만한 실력도, 힘도 없습니다. 그런데 어떻게……?"

"아마 기억하시는 것과 지금의 태영사는 많이 다를 겁니다. 그래서 제가 이 자리에 있는 것이기도 하지요."

장욱은 대수롭지 않다는 듯 말했지만 법륜은 그 말을 간과할 수 없었다. 지금의 태영사와 과거의 태영사가 다르다? 그것은 확실히 인지했다. 팔대세가 중 하나를 상대로 그런 배짱을 부리려면 과거에 지닌 힘 정도로는 불가능한 일이니까.

생각해 보면 아주 간단한 문제였다.

구양세가는 오류대라는 다섯 개의 무력 단체를 거느리고 있고 지고당이라는 탄탄한 정보 조직까지 갖춘 집단이다. 개방과 하오문에 비할 수는 없겠지만, 적어도 한중에서는 모르는 일이 없다고 봐도 좋았다.

그런 막강한 힘을 뚫고 수십 명이나 되는 인원을 아무런 잡음 없이 움직인다? 엄청난 실력자들이 있지 않고서야 절대 불가능한 일이다. 반대로 백호방이 이탈에 성공했다는 말은 그만한 실력자들이 즐비하다는 말과 같다.

"어떻게… 도무지 이해할 수가 없군."

이해할 수 없는 것은 장산 또한 마찬가지다.

그는 해천이 점찍은 태영사의 첫 번째였다. 그 말은 해천이 장산을 아낀다는 말과 상통한다. 해천이 법륜의 머리라면 장산은 오른팔이다. 그런 그가 아무리 법륜을 수행하고 있었다지만 아무런 소식조차 접하지 못했다는 것은 무척이나 기이한 일이다.

"그 점에 대해서는 해천 공께서 직접 설명할 겁니다."

장욱은 장산의 의문을 풀어줄 필요성을 느끼지 못했다. 자신의 일이 아니기 때문이다.

'그리고… 납득할 것 같지도 않단 말이지.'

지금의 태영사는 기형적이다.

태영사의 주인인 법륜보다 해천의 영향력이 더 크다. 그래서 장욱이 왔다. 해천은 시간이 필요하다고 판단했다. 태영사를 키우는 것 자체는 법륜도 동의한 사안이지만 그 방향성과 크기 자체는 모두 해천의 입김이 묻어 있었다.

하지만 진짜 문제는 따로 있었다.

"그보다… 이제는 말씀을 드려야 할 시간이 된 것 같습니다."

일행이 잠시 쉬어가기 위해 자리를 잡자 장욱이 굳은 얼굴로 꺼낸 말이다.

"해천 공께서는 현재 태영사의 상태에 대해서 굉장히 심각하다는 생각을 하고 계십니다. 해천 공은 여기 계시는 장산 소협이나 사경무 소협을 비롯해 오명을 뒤집어쓰고 죽은 마인의 후손을 태영사로 끌어들였습니다. 달리 말하자면… 태영사를 구성하는 인원의 대부분이 마인의 후손이라는 뜻입니다."

"그게 무슨 뜻입니까?"

장욱은 대답을 주저했다.

법륜의 기색이 심상치 않았기 때문이다. 그는 목을 가다듬고 다시 입을 열었다.

"마인의 후손이라 하지만… 진짜 마인은 아닙니다. 말 그대로입니다. 누명을 쓴 마인의 후손이지요."

"누명을 썼다는 것은……."

"맞습니다. 해천 공께서는 억울하게 누명을 쓴 마인들의 후손을 태영사로 받아들이셨죠. 문제는 이 일이 구파의 심기를 거슬렀다는 겁니다. 정도무림의 치부나 다름없는 일들을 들추고 다녔으니… 무리는 아니지요."

"그것이 지금 나와 무슨 상관이 있는지 잘 모르겠습니다."

"다분히 정치적인 의도입니다. 구파는 마인이라는 누명을 씌웠고, 그 사실을 단 한 차례도 부인한 적이 없었죠. 중요한 것은 해천 공의 손에 그들이 마인이 아니었다는 증거가 명백하게 있다는 겁니다."

"그 말은… 태영사가 구파의 보복을 받을지도 모른다는 뜻이 맞소?"

"맞습니다. 본디 이 마중도 해천 공께서 직접 나오시려 했습니다만… 한 사람이 찾아오면서 무산되었죠. 들어보셨을 겁니다."

장욱은 굳은 얼굴로 두 글자를 뱉어냈다.

"법무."

법륜의 눈가가 미미하게 떨려왔다.

"대사형……."

법무는 법륜이 유일하게 정을 둔 법 자 배분의 무승이다.

차기 방장이기도 한 그와 항마동에서 꽤 많은 대화를 나누지 않았던가. 소림의 차기 방장이라는 위치는 절대 가볍지 않다. 소림의 후계자가 그 무거운 몸을 이끌고 태영사를 찾아왔다? 그건 곧 소림의 뜻이라는 이야기다.

"도대체… 무슨 일이 있는 겁니까."

"소림은… 칼을 갈고 있습니다. 파문된… 제자의 수족이나 다름없는 이가 본산 아래에 진을 쳤습니다. 그들은 그것을 묵인했습니다. 태영사의 주인을… 날카로운 칼로 생각했기 때문입니다. 하지만 상황이 달라졌습니다. 처음의 의도야 어땠는지 간에 태영사는 너무 커졌고, 그 면면이 구파의 심기를 거스르는 자들이 되어버렸습니다. 자신들이 쥐고 있던 칼이 알고 보니 양날의 검이었던 셈입니다."

"그래서 지금 소림이 태영사를 지우려는 의지를 불태운다는 말입니까?"

"그게 소림의 자존심이니까요."

장욱의 말 그대로다.

소림의 자존심, 아니, 구파의 자존심이다. 정도무림에 신처럼 군림해 온 구파만이 할 수 있는 일이다. 법륜은 큰 충격을 받았다. 애초에 소림의 곁에 둥지를 튼 것 자체가 무리수였다.

한 산에 두 마리 호랑이가 군림할 순 없는 법.

'하지만 이상해. 해천 공이 그 사실을 몰랐을까?'

법륜은 해천의 의도를 파악할 수 없었다.

법륜은 소림의 보이지 않는 칼이 되려고 했다. 그것이 애초에 법륜이 원한 것이었고, 결과적으로 그렇게 되기까지 했다. 그런 상황에서 소림 방장 각선은 법륜을 파문했다. 그러자 해천은 보란 듯이 누명을 쓴 이들을 규합했다.

"음, 도무지 이해가 되질 않는군. 해천 공에게 분명 말한 적이 있습니다. 파문을 당했지만 난 소림의 제자이고 그 누구도 인정하지 않더라도 소림을 지키겠다고. 그들이 뭐라고 하던 내 의지로 소림의 제자임을 천명하고 납득하지 않는 자들에게 똑똑히 보여주겠노라고 말했습니다. 그런데 도대체 왜……."

"모르시겠습니까? 저는 이야기를 듣다 보니 좀 알 것도 같군요."

장산은 묵묵히 법륜과 장욱의 대화를 듣다가 조심스레 말을 꺼냈다.

"주군이 없는 태영사는 구파가 마음만 먹으면 큰 출혈을 보지 않더라도 없앨 수 있는 곳입니다. 달리 말하자면… 인질인 셈이지요. 해천 공께서는… 소림에 끈을 두고 싶었을 겁니다."

"인질?"

"주군의 출생이 어떠하든 주군은 소림의 사람입니다. 그 마음만은 변치 않겠지요. 한번 생각해 보십시오. 장성해 혼인까지 치른 자식이 부모의 곁을 떠나려 하지 않습니다. 그렇다면 자식과 혼인한 여인은 어떻게 해야겠습니까?"

"혼인한 자식이 부모 곁을 떠나지 않는다……."

법륜은 방금 전 장산이 한 말을 곱씹었다.

혼인한 자식, 그것은 법륜 자신이다. 부모는 소림이고 혼인한 여인은 태영사다. 장산의 말이 맞았다. 해천은 그 점을 우려했을 터다. 법륜은 소림에 머무르길 원하고, 소림은 그를 버거워한다. 이유는 간단했다. 법륜이 지닌 무공이 부담스러우니까.

인질이라는 것도 같은 뜻이다.

태영사는 법륜의 목줄을 틀어쥐기 위한 인질이나 다름없다. 해천은 그 사실을 잘 알기에 마인의 후예를 영입했을 게다. 하지만 예상하지 못한 것 하나가 발목을 잡았다.

그 사실을 장욱은 너무 잘 알았다.

'소림이 그런 초강수를 둘 줄은 몰랐겠지.'

장욱은 고심했다.

있는 그대로 사실을 알려야 함을 누구보다도 잘 알았지만 이런 복잡한 상황에서 화탄 심지에 불을 붙여 던져야 한다는 것은 참으로 어려운 일이다. 하지만 결국 해야 했다.

"그리고… 해천 공은 소림에 유폐되었습니다."

법륜은 천천히 고개를 끄덕였다.

예상치 못한 것은 아니다. 해천이 찾아오지 않을 때부터였는지도 모른다. 그리고 그 의심은 장욱이 찾아와 대화를 나누면서 점차 확신이 되었다.

"압력을 행사하지는 않았을 겁니다. 그곳엔… 그분이 계시니."

법륜은 해천의 안위에 대해선 걱정하지 않았다.

해천은 유능한 인물이다. 그 또한 소림 경내에 들어서면서 자신이 유폐될 것임을 알았을 게다. 그럼에도 장욱을 자신에게 보내고 망설임 없이 들어설 수 있는 이유는 믿는 구석이 있기 때문이다.

'무정 사조.'

소림에는 무정이 있다.

무허가 소림 무학의 전설이었다면 무정은 소림의 살아 있는 역사 그 자체다. 소림에서 가장 큰 어른이니 틀린 말은 아니다. 게다가 짧은 인연이지만 법륜과 해천, 그리고 무정의 관계는 그 어떤 것보다 끈끈했다.

'그래서 억지로 인원을 늘렸겠지. 사조가 있는 이상 방장도 쉽사리 건드릴 수 없을 테니.'

소림 방장의 권위는 절대적이지만 완벽한 것은 아니다. 무정의 입김이라면 행동의 제약은 있을지언정 목숨이 위태로운 상황은 절대로 일어날 수 없었다.

'어찌해야 하나.'

장산의 비유대로라면 소림은 본가, 태영사는 처가였다. 승려로서 해당 사항이 없는 말이지만 이제는 안다. 자신이 알고 태영사의 식구들이 안다. 그리고 구파가 알았다. 그러면 온 중원이 알게 되는 것은 기정사실이고 시간문제다.

"결국 되돌릴 수 없겠군."

이제는 다시 소림의 제자가 될 수 있다는 실낱같은 희망마저도 사라졌다.

"맞습니다. 이제는 뒤가 없습니다."

장욱은 품에서 한 장의 서신을 꺼냈다.

"해천 공께서 말씀을 나누고 결심이 선 것 같으면 건네라 하시더군요. 내용은 보지 않았습니다."

법륜은 장욱이 내민 곱게 접힌 서찰을 펼쳤다.

종이를 펼치자 커다란 여백이 먼저 보였다. 그 안에 새겨진 글자는 단 세 글자.

심즉행(心卽行).

'마음이 가는 대로 행하십시오.'

해천의 목소리가 들리는 듯했다.

"마음이 가는 대로 행하라. 그것이 내가 산을 내려온 이유였지. 망설일 이유도 없겠어."

머뭇거릴 이유가 없었다.

그가 할 일은 정해져 있었다. 소림으로 간다. 소림에서 어떤 일이 벌어지고 있는지 확인하면 그만이다. 수틀리면 무력시위를 한다.

'그리고 내 위치를 확고히 한다.'

그거면 충분했다.

스스로 원하지 않았으나 상황이 그렇게 행동하게 만들었다. 법륜은 그 상황을 원망하지 않았다. 어쩌면 이 일은 오래전부터 예견된 일이었는지도 모른다.

"정련이라. 몸이 아닌 마음도 두들기면 강해지겠지."

법륜은 그렇게 결론을 내렸다.

이제 돌아가기만 하면 된다.

*　　　　　*　　　　　*

세 사람이 보였다.

여전히 안개가 자욱한 숭산은 그 넉넉한 품을 그대로 보여주는 듯 고요하기만 했다. 하지만 무공에 조금이라도 자신이 있는 사람이 숭산에 올랐다면 이상함을 느꼈으리라.

폭풍전야의 고요함을.

그 폭풍이 불러올 결과를.

"멈추시오."

법륜은 얼굴을 가리고 있던 방갓을 손가락으로 슬쩍 밀어 올렸다. 젊은이들의 시대이다. 몇 년 만에 마주한 소림의 얼굴은 달라져 있었다. 오래되어 변색된 색이나 기풍은 그대로였지만 품고 있는 마음이 달랐다.

"오랜만이군."

지객원의 무승 법료는 오랜만이라는 상대방의 인사에 당황했다. 방갓을 벗지 않았으니 소림을 벗어나 본 적이 없는 법료로선 누구인지 알 수 없던 까닭이다.

소림의 얼굴이니만큼 많은 수행과 고련을 겪었겠지만 법륜이 보기엔 아직 애송이다. 진짜 수행과 고련은 절로 주어지는 것이 아니다.

목숨을 걸 줄 알아야 하며 사투 끝에 자신을 반추할 수 있어야 한다. 그게 진짜 수행이고 고련이다.

'틀려먹었어.'

법륜은 잔뜩 긴장한 법료를 그대로 지나쳤다.

"잠깐!"

그래도 지객원의 무승이라는 자각은 있는지 법료는 황급히 법륜의 어깨 자락을 잡아챘다. 하지만 법륜은 법료와 실랑이하고 싶은 마음이 없었다. 그래서 슬쩍 팔을 빼버렸다. 법료의 손아귀가 허무하게 허공을 갈랐다.

"이익!"

법료가 성을 냈지만 법륜은 그대로 무시했다.

하지만 법륜의 뒤에 있던 장산과 장욱은 그러질 못했다.

"한 번 더 손을 쓰면 좌시하지 않겠소."

장산이 서늘한 기세로 위협하자 법료는 분통이 터졌다. 시
뻘건 얼굴이 역력했다.

"그만."

법륜은 장산과 장욱을 제지했다.

아직 결정된 사안은 하나도 없었다. 소림에서 벗어나기로
했으나 싸울지 말지는 아직 결정하지 않았다. 만약 오늘 법륜
의 심기가 소림의 처사로 인해 어지럽혀진다면 아마 간단하게
는 끝나지 않을 터이다.

"우리는 싸움을 걸러 온 게 아니야. 아직은."

'아직은?'

법료는 방갓 사내의 말에 허탈한 웃음을 흘렸다.

어느 누가 정도무림의 태산과도 같은 소림에 싸움을 걸겠
는가. 구파라도 상상할 수 없는 사안이다. 아니, 구파가 둘, 셋
연합해도 건드릴 수 없는 곳이 소림이다.

'헌데 뭐가 어째?'

하물며 방갓을 쓴 사내에게서 들려온 음성은 아주 어렸다.
무림의 어떤 원로가 와도 소림 앞에서는 방자하지 못한다. 그

사실을 모를 리 없는 법료는 어처구니없는 망상이라고 생각했다. 적어도 소림의 수호승인 법오와 백팔나한이 산문 앞에 진을 치기 전까지는.

"오랜만이구나."

"그렇게 되었군요. 그보다 환영 인사가 꽤나 대대적입니다?"

"너와 싸울 의도는 없다. 단지……."

"단지?"

"겁이 좀 날 뿐이지."

법오는 순수한 얼굴로 미소를 머금었다.

법오의 기세는 녹록치 않았다. 아마 법 자 배분의 승려 중 법오와 대거리를 할 수 있는 사람은 대사형인 법무뿐이리라. 법륜도 그 사실을 알았다.

'장산보단 한참 윗줄이군.'

과연 소림의 위세는 허장성세가 아니었다.

"그보다 어쩐 일로 예까지 발걸음을 하셨나?"

"제가 못 올 곳이라도 온 것처럼 말씀하시는군요. 뭐, 됐습니다. 그것이 소림의 답이라 생각하지요."

"그렇게 간단하게 생각하면 곤란해."

법오는 난처한 얼굴로 뒤를 돌아봤다.

뒤에는 백팔나한이 진을 치고 있었다. 완벽하게 세대교체를 이룬 나한들은 적게는 이십 대 후반에서 많게는 사십 대 초반까지 다양한 얼굴들을 하고 있었다.

"그래서… 막을 겁니까?"

"의중에 따라서는?"

"막겠다는 뜻으로 들리는군요. 그렇다면 한번 해봅시다. 소림이 자랑하는 백팔나한, 그 안에 살았어도 겪어보지는 못했지요."

법륜은 천천히 걸음을 옮기며 방갓을 벗어 땅에 떨어뜨렸다. 그의 얼굴이 드러나자 법료가 탄성을 내질렀다.

"신승!"

"그따위 이름으로 나를 부르지 말라."

법륜은 금강령주를 잠에서 깨웠다.

그가 걸음을 옮길 때마다 몸에서 뿜어져 나오는 기파가 계속해서 커져갔다.

"나는 그저 나일 뿐이야."

법륜이 기세를 퍼뜨리기 무섭게 백팔나한이 일사불란하게 움직였다. 진을 구성하고 조이고 풀기를 반복하자 거대한 진세가 법륜의 몸을 찍어 누르기 시작했다.

법륜은 금강령주를 최대한으로 개방했다.

가장 먼저 중단전이 열리며 상단과 하단으로 막대한 양의 진기를 공급했다. 상단전이 열리자 신안이 열리며 진법의 허와 실이 적나라하게 들어왔다. 하단전은 육신에 활력을 불어넣었다. 육신은 법륜의 정신과 의지에 근육 한 가닥까지 조율할 수 있는 능력을 선사했다.

파앙!

법륜의 몸이 포탄처럼 뛰쳐나갔다.

오늘 여기서, 이 자리에서 소림의 전설은 깨진다. 그리고 또 하나의 전설이 탄생한다. 그것은 어느 누구도 부정할 수 없는 사실이 되리라.

백팔나한진(百八羅漢陣).

소림의 전설이자 다수가 일인을 상대할 때 절대적인 위용을 자랑한다는 절진이다. 그 어떤 마인도 이 악랄한 진법에서 빠져나가지 못했다. 백팔 명의 무인이 이루는 아름다운 폭력. 그것은 아무리 비싸게 포장해도 다수가 저지르는 폭력 그 이상도 이하도 아니었다. 지금까지는.

"막아!"

나한진의 중심에 선 법오는 진을 조율하기 위해 안간힘을 썼다. 진법은 살아 있는 생물이다. 유기적으로 돌아가는 사소한 행위 하나하나가 정교하게 맞물리며 거력을 뿜어내게 만든다. 그것이 진법이다.

혹자는 진법이 대적하지 못할 절대적인 무공을 지닌 사람을 공략하기 위해 고안되었다고 하지만 이는 틀린 말이다. 진법의 시작은 군진(軍陣)에서 시작되었다. 어떻게 하면 더 효율적이고 효과적인 방법으로 다수의 상대를 제압하는가에 그 의의가 있었다. 무인들은 병졸들이 이룬 군진을 우습게 보지만 막상 그 안에 갇히면 빠져나오기 위해 안간힘을 써야 한다. 그만큼 다수가 주는 압박과 기세는 무서운 것이다.

'분명 그래야 하는데… 어째서……!'

예외는 어디에나 있다.

하지만 그 예외를 목도하기 전엔 자신이 그 대상자가 될 거라는 생각 따위는 하지 않는다. 그것은 백팔나한의 중심축을 움직이는 법오 또한 다르지 않았다.

그는 그의 스승으로부터 막대한 유산을 물려받았다. 소림의 신공은 물론 구하기 어렵다는 영약도 몇 알 먹었다. 그리고 구양세가의 전대 고수인 비화군 구양정균을 맞상대해 물리쳤을 때 그는 확신했다.

동년배의 무인 중 최고는 자신이라고.

하지만 틀렸다.

그는 최고가 아니었다. 최고는 그의 앞에 있었다. 소림이 버린 불세출의 무인. 지금 당장 무허 대사가 살아서 돌아오더라도 법륜을 막을 수는 없을 게다.

'방장, 방장의 선택은 틀렸습니다.'

법륜의 양팔이 들릴 때마다 진공파가 쏟아져 나왔다. 가볍게 휘두른 각법에 무승들이 든 철곤이 우수수 조각났다. 이제는 법륜이 고개만 돌려도 움찔거리는 기색이 역력했다.

법오는 부서져 나가는 진세 속에서 이를 악물었다. 소림의 방장 각선은 그에게 법륜을 무릎 꿇리라 명했다. 하지만 오늘 무릎을 꿇는 것은 법륜이 아니었다. 소림이었다.

방장이 나서지 않았고 원로들도 나서지 않았다. 하지만 무림은 오늘 소림이 패했다고 여길 게다. 수호승인 그 또한 그 책임에서 자유로울 수 없었다.

'차라리 혼자 나서야 했어.'

혼자 나와서 혼자 깨져 나갔다면 이런 불명예는 피할 수 있었을 게다.

'치욕이군.'

게다가 법륜은 백팔나한 중 단 한 사람의 목숨도 빼앗지 않았다. 대인원이 이룬 진법을 살상 하나 저지르지 않고 깨부순 것이다. 목숨을 부지했다고 기뻐해야 하는가, 아니면 무인이 자존심도 지키지 못했다고 슬퍼해야 하는가.

"그만!"

법오는 더 이상 싸움을 진행해 봐야 의미가 없다고 판단했다.

"여기까지 하자."

"누구 마음대로?"

법륜은 이대로 끝낼 생각이 전혀 없었다.

이건 사문과 제자의 문제가 아니었다. 처음엔 그랬지만 적어도 지금에 와서는 아니었다. 이건 무파와 무인의 문제였다. 자존심을 챙기며 적당히 물러나는 모양새는 소림에는 몰라도 법륜에겐 좋지 않았다.

'이대로 물러서면 소림은 적당한 선에서 훈계하고 끝냈다 말할 테지.'

절대 그 꼴은 못 본다.

집이라 생각하던 사문에 대한 믿음은 산산이 부서진 지 오래다. 그가 기여한 바도 있고 사문이 결정한 바도 있었다. 서로의 믿음은 그렇게 서로에 의해서 부서졌다.

법륜은 백팔나한진을 상대하면서 무공을 점검하고 있었다.

정확하게는 상단전의 활용에 초점을 맞췄다. 마신과의 일전으로 입은 부상은 치유된 지 오래. 그가 전력을 다해 부딪쳤다면 백팔나한진은 개진을 함과 동시에 부서져 나갔을 게다.

그리고 그 축을 이루는 무승들은 전부 병신이나 죽은 자가 되었을 것. 하지만 법륜은 과도한 손속은 배제했다. 원수를 갚는 자리가 아니기 때문이다. 대화를 위해 소림에 왔지 누군가를 죽이기 위해 온 것이 아니었다.

무력으로 눌러놓는 것은 그 원활한 대화를 위해서이다.

신안에 진법이 이루는 기의 그물이 들어왔다.

하나의 유기체처럼 움직인다고 해도 그들은 부정할 수 없는 다수다. 다수가 진짜 한 몸처럼 움직이려면 십 년, 아니, 백 년이 흘러도 부족하다. 신안은 그 괴리가 만들어낸 허점을 완벽하게 파고들었다.

파앙!

법륜이 달려들자 다급하게 뒤로 물러서는 무승을 향해 손바닥을 내질렀다. 마신을 격살할 때만큼 진기를 실었다면 그저 밀려나 넘어지는 것으론 끝나지 않았을 게다. 넘어진 무승이 도저히 믿을 수 없다는 얼굴로 법륜을 바라본다.

'완전 괴물이군.'

철곤이 갈려 나가고 바닥에 넘어진 무승들은 다시 일어날 생각을 하지 못했다. 이건 분명 불명예다. 소림의 절진이 조각나는데 싸울 생각을 하지 않았다. 자존심에 깊은 상처를 입었다. 그럼에도 그들은 일어설 수 없었다.

그들의 머릿속엔 오직 한 가지 생각만 가득했다.

'소림의 무공을 이렇게 높은 경지로 끌어올린 남자가 파문제자라고?'

그들은 납득할 수 없었다.

소림의 파문제자라면 응당 근맥을 자르고 단전을 폐한 뒤 항마동에 가두어야 한다. 그래야 파문제자라는 낙인이 효과가 있으니까. 그리고 대부분의 파문제자는 제자의 일탈에 관대하다는 개방도 고개를 내저을 정도로 개차반인 경우가 많았다.

소림은 자신이 뿌린 씨앗을 자신이 거둠으로써 논란을 무마해 왔다. 하지만 눈앞에 있는 남자는 달랐다. 지독한 마기도 사기도 뿌리지 않는 이 남자는 소림 무학의 정수 그 자체였다.

폭발적인 파괴력이야 소림의 무학과 그 궤를 달리하지만 일말의 자비를 품은 손속만큼은 소림의 정신이 웅대하게 깃들어 있었다.

그렇다면 보여주어야 한다.

소림의 정신을. 자존심에 상처를 입더라도 인정해야 할 것은 인정해야 한다. 쓰러진 자들은 서로의 얼굴을 돌아보더니 부러진 철곤을 들고 하나둘 뒤로 물러섰다.

"물러서지 마!"

중심축에 선 법오가 무승들을 독려해 봤지만 그들은 이미 전의를 상실했다. 고작 이십여 명이 쓰러졌을 뿐이니 진을 움직이는 것 자체에는 문제가 없었다. 문제는 마음이 꺾였다는 것이다.

"이익!"

법오는 백팔나한진이 깨지는 것을 두고 볼 수 없었다.

그래서 앞으로 직접 나섰다. 진을 총괄해야 하는 자가 앞으

로 나서니 나한진의 기세가 주춤했다. 반대로 그렇지 않은 것
도 있었다.

법오는 전대 수호승인 진각의 진전을 고스란히 이어받았다.
그 무위는 확실히 다른 무승들과 달랐다.

퍼어억!

법오의 대력금강장이 법륜의 팔뚝을 때렸다.

본래라면 뼈가 부러지고 피가 튀어야 정상이지만 법륜은
팔을 들어 금강장이 뿌려대는 금기를 막아내는 것으로 그쳤
다. 거기에 한술 더 떠 주먹까지 날렸다.

퍼어억!

종전과 똑같은 소리였지만 결과는 판이하게 달랐다.

야차구도살의 권법이 법오의 양팔에 부딪히자 우지직하며
뼈 부러지는 소리가 들렸다.

"크윽!"

법오는 치밀어 오르는 신음을 억지로 삼켜냈다.

가볍게 쳐내는 일격에 왼팔이 부러져 덜렁거린다. 법륜은
법오가 생각한 것보다 훨씬 더 완전무결에 가까운 무력을 보
여주었다. 어깨를 노리고 달려드는 주먹을 가까스로 비켜냈
다. 법오는 이를 악물었지만 그가 할 수 있는 일이 별로 없다
는 것을 깨달았다.

'너무 많은 차이가 나는구나.'

대결이라는 것도 어느 정도 비슷한 수준끼리 어울려야 이루어지는 법. 법륜은 이미 백팔나한진과 같은 절진으로도 막을 수 없는 위력을 보여주었다. 법오는 허무함을 감출 수 없었다.

구양세가와 맞붙을 때 그가 앞장서긴 했지만 백팔나한진이라는 희대의 절진을 배경으로 맞선 상황이었다. 그때 그 상황에서 법륜과 같이 홀로 대군을 상대한다면 전처럼 당당하게 나설 수 있었을까.

'말도 안 나오는군.'

법오는 인정했다.

그는 법륜이 될 수 없었다. 그는 처음부터 본분에 충실해야 했다. 소림의 수호승이라는 신분과 백팔나한진을 믿고 건방을 떨 것이 아니라 최대한 대화로 풀어야 했다. 그랬다면 그는 소림의 위신과 자신의 체면 모두 챙길 수 있었으리라.

그런 그를 구원해 준 것은 뒤에서 철곤을 챙기며 기회를 엿보고 있던 백팔나한이었다. 이제는 그 수가 제법 줄어 이십여 명 정도가 자리를 지키고 지켜보고 있었지만 나머지 팔십여 무승은 법오의 위기를 지켜보고만 있지 않았다.

"돕겠네!"

철곤이 법륜의 시야를 가리며 휘둘러졌다.

단번에 법륜의 팔방을 노리고 날아든 철곤은 흉맹하기 그

지었었다.

'상대할.'

법륜의 양팔이 날아드는 철곤을 비켜냈다.

'엄두도.'

그와 동시에 양 손바닥이 여덟 차례 길을 뚫었다. 철곤으로 방어하는 틈을 교묘하게 노리고 들어갔다. 제마장이 가슴에 닿았다.

'안 들게.'

순식간에 여덟 무승이 자리에서 허물어졌다.

법륜은 그 자리에서 멈추지 않았다.

기세는 한번 무너지면 끝이다. 반대로 그 기세를 끝까지 이어갈 수 있다면 필승이다. 무너지는 것은 적이 될 테니까.

'한다!'

금강령주는 아직 제 힘을 다 발휘하지 못했다는 듯 거친 기세를 일으켰다. 금기의 방벽이 몸을 일으켰다. 두 눈에 머물던 금기가 강렬하게 타올랐다. 신안에 백팔나한이 이루는 기의 그물이 적나라하게 들어왔다.

백팔나한의 기세는 법륜의 불광벽파에 그 기운이 닿자마자 눈 녹듯 스러졌다. 법륜은 그 사이로 파고들어 마관포를 연달아 먹였다. 기의 폭탄이 손에서 뿜어져 나올 때마다 무승 하나가 쓰러졌다.

'끝났다.'

법오는 타오르기 시작한 기세에 찬물을 끼얹듯 세력을 넓혀오는 법륜의 기공(氣功)에 눈을 부릅떴다. 남들보다 조금 더 큰 체구를 가진 법륜이 마치 대적할 수 없는 신장(神將)처럼 보였다.

법오는 역근세수경을 끌어 올렸다.

그에게도 법륜을 저지하라는 사문의 명은 더 이상 중요하지 않았다. 한 사람의 무인으로 누구보다 높은 경지에 오른 법륜과의 대결이 중요했다.

법오가 왼팔의 마혈을 짚었다. 전력을 끌어내기 위해 부러진 팔을 돌보지 않겠다는 의지의 표명이다. 싸우다 팔이 잘려 나가도 맞서겠다는 단호한 뜻이다.

"그만!"

하나 그런 법오의 의지는 숭산을 울리는 커다란 육합전성에 처참히 찢겨 나갔다.

"방장—!"

법오는 백팔나한을 등진 채 법륜을 노려보며 고함쳤다.

소림의 제자로서 결코 할 수 없는 행동이었지만 지금 이 순간만큼은 백팔나한도 법오의 행동을 용인했다. 소림의 자존심이 꺾인 상황이다.

비록 백팔나한 모두가 차디찬 땅에 등을 뉘인 것은 아니지만 이미 삼분지 일에 가까운 나한들의 철곤이 땅에 떨어졌다. 이에 대한 법오와 무승들의 생각은 한결같았다.

소림의 자존심이 땅에 떨어졌다.

법륜이 자파의 제자였다면 오히려 자랑스러워했을 게다. 법자 배분의 젊은 제자 중에 그와 같이 높은 경지에 오른 인물이 있다는 것은 구파 어디를 가도 정치적으로 충분히 우위를 점할 수 있는 패였다.

반대로 파문제자가 사문에 그 진의를 따지겠다며 칼을 들이민 상황에서는? 거기에 더해 소림의 자존심이나 다름없는 백팔나한진이 무참히 깨졌다면?

'애초에 이렇게 될 거라면 소림 자체에 오지 못하게 해야 했어. 제길, 뭐가 수호승이고 소림의 전설이냔 말이다!'

법오는 이를 악물고 법륜을 노려봤다.

방장의 명이 떨어진 이상 그가 분노해 봐야 할 수 있는 것이 없었다. 그는 차갑게 돌아섰다. 가슴속에 답답함뿐이다. 방장의 속내를 도무지 알 수가 없었다. 그의 타고난 지도력과 문파 간의 정치력은 의심할 여지가 없다.

'하지만 무인이라면……'

법오는 돌아서며 눈을 감았다.

불경한 생각이나 화선지 위에 먹물처럼 번지는 생각을 막을 수 없었다.

법오는 법륜을 뒤로한 채 분한 기색을 숨기지 않고 장경각으로 사라졌다.

법륜은 멀어져 가는 법오의 등을 바라보다 포권을 취했다. 비록 사문과는 가는 길이 달라졌지만 그는 스스로를 언제나 소림의 제자라 생각했다. 그렇기에 취하는 인사이자 예(禮)였다. 소림의 수호승은 그의 예를 받을 자격이 있었다.

법륜은 포권을 취하고 걸음을 천천히 옮겼다.

방장의 명이 떨어진 이상 그의 앞길을 막는 무승은 없었다. 모두 분한 얼굴을 하고 있었지만 순순히 길을 열어줬다. 그 뒤로 장산과 장욱이 따라붙었다.

방장실로 향하는 길은 예전과 다름없었다.

다른 것도 있었다. 길은 그대로였지만 사람이 달랐다. 법륜의 신안에는 그것이 모조리 보였다. 소림은 언제나 싸움을 피해왔다. 자신들이 강하기 때문이다. 그렇기에 그 누구도 싸움을 걸지 않았고, 소림은 최강의 문파라는 위명을 유지할 수 있었다.

'소림은… 변했어.'

자신이 변한 만큼 소림도 변했다.

소림은 싸움을 걸었다. 대자대비한 부처의 불법에 기대어 자신을 훈계했다면 무릎을 꿇었을 게다. 하지만 소림은 부처의 가르침을 잊었다. 힘의 논리, 힘의 정의가 소림을 장악했다.

세 사람은 말없이 걸었다. 방장실까지 그리 먼 거리도 아니었는데 떼는 걸음마다 힘겹기 그지없었다. 소림의 처절한 의지가 온몸으로 느껴졌다.

　"땅에 떨어졌구나, 소림이여."

　법륜이 방장실 앞에 도달해 처음으로 뱉은 말이다.

제이십오장(第二十五章)

인정(認定)

"방장, 태영사의 사주(寺主)가 왔으니 그만 얼굴을 보이시오."

법륜은 담담한 어조로 자신의 뜻을 피력했다.

단 한 마디였지만 많은 뜻을 품고 있는 말이었다. 이제 더는 소림의 제자로 살지 않겠다는 뜻이었으며, 일파의 종주가 찾아왔는데 얼굴을 비추지 않는 것에 대한 따끔한 일침이었다.

"들어오시게. 뒤에 계신 손님들은 잠시 쉬고 계시는 것이 좋을 듯허이."

소림의 방장 각선은 법륜이 생각한 것보다 차분한 어조로 법륜을 안으로 이끌었다. 방 안은 과거에 그랬던 것처럼 단출했다. 도무지 소림이라는 거파의 주인이 머무는 공간이란 생각이 들지 않았다.

"오랜만입니다."

각선은 무미건조한 인사를 건네는 법륜을 보며 빙긋 웃었다. 여전히 사람 좋아 보이는 미소였다.

"그렇군. 오랜만일세."

각선은 가부좌를 튼 채 앉아 법륜을 올려다봤다.

참으로 대단한 제자였지만 이제 그 품에서 벗어나 뜻을 확실히 한 남자가 보였다.

"차?"

"주셔야지요. 설마 차 한 잔 안 내주실 생각이었습니까?"

"자네, 농도 제법 늘었군."

각선은 대소(大笑)를 터뜨리며 자리에서 일어나 다구를 챙겼다. 그 손놀림이 여느 때와 다를 게 없어 마치 평소 친한 지우와 마실 차를 준비하는 듯 평온했다.

"자, 들게. 군산은침이지."

"향이 좋군요."

"허허, 이 자리에 있다 보면 탐할 수 있는 것이 그리 많지 않다네. 차는 그중 하나지. 땡중이 곡주도 아니고 차를 마시겠다는데 누가 뭐라 할까."

각선은 뜨거운 김이 올라오는 찻잔을 들고 향을 즐겼다.

법륜은 소림의 방장을 보며 그 여유로움에 혀를 찼다. 구파의 병폐가 밖에서 보자 한눈에 들어온 탓이다.

"방장."

"왜 그러시는가?"

각선은 여우같은 웃음을 흘리며 법륜에게 반존대를 했다.

그 말 속에서 이미 법륜을 일파의 수장으로 인정한 것이다. 각선의 눈은 이미 날카롭게 뜨여 있었다.

법륜은 깔끔하게 인정했다. 각선의 행태가 마음에 들지는 않지만 처세만큼은 확실한 인물이다. 그것도 소림이라는 거대 방파의 주인으로 일점의 손색도 없는 자였다.

"어찌 된 겁니까?"

"무엇을 묻는지 이 노구는 알 수가 없구먼. 자네가 한번 말해보는 것이 어떠한가?"

법륜은 찻잔을 들어 입술을 축였다. 뜨거운 김이 배 속으로 들어가자 마음이 차분해졌다. 법륜은 단어를 신중하게 선택했다.

"태영사, 왜 그러셨습니까?"

"태영사라니?"

"끝까지 이렇게 나오실 겁니까?"

"허허, 성격 한번 급하군. 그래, 태영사. 내가 했지. 사주인 자네의 뜻 한번 묻지 않고 그리 처리했지. 그래서 그게 뭐 어쨌다는 겐가?"

"후우."

법륜은 되레 당당한 각선을 보며 한숨을 내쉬었다.

어쩌면 당연한 일인지도 모른다. 태영사는 소림의 하위 방파를 자처했다. 그게 법륜의 뜻이고 의지였기 때문이다. 그 의지에 발맞추어 해천은 태영사를 소림의 숨은 칼로 만들었다. 하지만 그게 소림이 생각한 것보다 더 과했다. 지금의 사태는 해천이 만들었다고 해도 과언이 아니다.

"자네도 알지? 뭐가 제일 큰 문제인지."

"마인의 후손이라는 자들 때문입니까?"

각선은 고개를 내저었다.

"쯧쯧, 자네는 아직 문제의 요지를 제대로 파악하지 못했군. 과연 소림이 태영사 정도의 무파를 가지고 그런 핍박을 했을 거라 생각하는가?"

각선은 다시 한번 찻잔을 들어 목을 축였다.

이 파문된 제자는 그의 말뜻을 알아들었을까? 만약 해천이 왜 소림에 올라와 있는지 알지 못한다면 그는 무파를 이끌 그릇이 아니다. 그저 칼이다. 주인의 손에 들려 휘둘려지는 칼밖에 되지 못할 위인이다.

"해천이 소림에 올라온 것은 자의였어. 그는 마인들을 끌어들이며 한 가지 생각밖에 하지 못했더군. 그게 뭐였을 것 같나?"

"구파의… 눈치를 볼 수밖에 없다는 것?"

"맞네. 하지만 진짜 문제는 그것이 아니야."

"다른 이유가 있었습니까?"

법륜은 진정 놀랐다는 어조로 되물었다.

"태영사는 작아. 자네가 있다고 해도 구파일방이나 팔대세가에 대적하기엔 역부족이지. 사람이 문제일세, 사람이. 해천 그 작자는 사람들을 끌어모으다 그 사실을 알았어. 자기들이 아무리 커져봐야 거파가 손가락으로 찍어 누르면 눌릴 수밖에 없다는 걸."

"그게 그 뜻이지 않습니까? 구파의 눈치를 본다는 것과 무엇이 다릅니까? 전적으로 같은 문제 아닙니까?"

"틀렸네. 전적으로 다른 문제야. 태영사는 애초에 소림의 속가문파를 자처했지? 그건 자네의 뜻이었을 게고. 그게 잘못된 걸세."

"그게 무슨……"

"이 사람아, 집을 나섰으면 독립을 해야지 왜 옆집에 사는가? 그게 독립인가? 소림의 문규가 아무리 엄해도 인정을 받고 길을 나선 제자에게까지 그렇게 혹독하게 굴진 않아."

"그게 무슨……."

각선은 아직도 못 알아듣겠냐는 듯 한숨을 내쉬었다.

참으로 답답했다. 순수하다는 것은 좋은 것이지만 이런 아귀다툼에선 희생양밖에 될 수 없다. 그가 법륜이 소림으로 향한다고 했을 때 그는 그를 부러뜨릴지 칼을 사용할지 고민했다.

만약 법륜이 소림의 그늘에서 벗어나 독자적인 노선을 걷겠다고 했다면 그는 망설임 없이 그를 보내줬을 게다. 파문되었다고는 해도 법륜은 소림에 큰 은혜를 느끼고 있었고, 지금까지의 관계도 그다지 나쁘지 않았다.

비록 소림이 더러운 오명을 조금 뒤집어쓰긴 했지만 그 정도는 법륜 정도의 무인을 손에 넣는 것에 비하면 아무것도 아니다. 그런데 법륜은 제 기회를 걷어찼다.

"자네는 기회를 걷어찼어. 자네는 처음부터 소림과 다른 길을 갔어야 해. 명분뿐인 파문이라 해도 자네는 그래야 했어. 자네가 소림의 제자를 자처해 주는 것은 고마운 일이지만 그래서는 안 됐네."

"조금 알아듣게 설명해 주시지요."

"요는 이런 것일세. 소림을 제외한 팔파의 압력은 소림이 막아줄 수 있었어. 해천이 마인의 후손을 끌어들였다 해도 말일세. 문제는… 자네야."

"제가… 문제란 말씀이십니까?"

"그래, 자네가 문제일세, 신승 법륜이여. 해천도 이렇게 빠른 시일 내에 십대마존 중 하나가 죽어나갈 줄은 몰랐겠지. 적어도 이삼 년은 걸릴 거라고 생각했을 게야. 그런데 자네는 단숨에 그를 열반에 들게 했지."

"그 말은 저 때문에 태영사가 위험해졌다는 뜻입니까?"

각선은 고개를 끄덕였다.

"자네는 파문제자이지만 소림과 깊은 연(緣)이 있네. 소림을 제외한 팔파는 소림이 칼을 빼 든 줄로만 알아. 그게 문제일세. 한번 생각해 보게. 무허 사숙이 열반에 든 이후 소림의 위치를. 그리고 자네가 갖게 될 위상을."

"제가 다른 팔파를 긴장시켰다는 말이군요."

"맞네. 거기다 해천이 쥔 패는 자신들의 치부나 다름없지. 명분과 무엇이든 벨 수 있는 칼을 양손에 쥐었으니 곧 휘두를 거라 생각하겠지. 해천이 소림에 올라온 이유는 그것일세. 태영사가 주가 되었다면 우리가 모른 척했을 게야. 하지만 그 행사에 소림이 주가 되어서는 안 되네."

"그렇다면… 해천 공은 어디에 있습니까?"

"그는 항마동에 있네."

"항마동? 그분을 항마동에 가두었단 말입니까?"

법륜이 항마동이라는 말에 발작할 듯하자 각선은 손을 들어 그를 진정시켰다.

"오해는 말게. 무정 사숙과 함께 머물고 있으니. 자네가 산문에 들어설 때 사람을 보냈으니 곧 오실 테니 기다리게."

각선은 예의 심유한 눈으로 법륜을 돌아봤다.

참으로 잘 성장했다. 자신을 찾아와 당당하게 거래를 제안하던 어린 청년은 이제 그 누구도 쉽게 제어할 수 없는 거목으로 자라났다.

'무허 사숙, 보시고 계십니까. 당신의 제자가 이렇게 자랐습니다. 허허.'

"참, 그보다 묻고 싶은 게 있습니다."

각선은 상념에서 단숨에 빠져나왔다.

"무엇인가?"

"진각 대사께서는 산에 계십니까?"

진각은 법륜에게 구명의 줄을 건네준 위인이다. 소림의 큰어른 중 하나이자 전대 수호승인 특별한 존재. 그의 제자인 법오를 보았기에 그 또한 산에 있기를 바랐다. 그 은에 대한 보답을 하지 못했기 때문이다.

"그 사람은 산에 없네. 자네도 보았지? 당대의 제자에게 자신의 자리를 넘기고 소림 밖 암자에 틀어박혀 지내고 있네. 나중에 한번 찾아뵙게. 그래, 어떻던가, 당대의 수호승은?"

"법오 사형은 상당하더군요. 수호승이라는 이름에 부족함이 없습니다."

"허허, 그런 사람이 수호승을 피떡으로 만들어놔?"

"피떡이라니요. 그 정도까지는 아닙니다. 그보다 사형은……."

"아직 부족하지. 나도 알고 자네도 알고 스스로도 알 걸세. 그 아이는 겉으로 보기와는 달리 강건한 성정을 지니고 있으니 걱정은 없네. 모든 것은 시간이 해결해 줄 테니. 그보다……."

각선은 복잡한 심중을 숨기지 못한 얼굴로 법륜의 두 눈을 바라봤다. 맑았다. 이런 아이가 복수에 미쳐 세월을 흘려보냈다니. 불도에 집중했다면 불성(佛聖)이 되었으리라.

"나는 참으로 궁금하더군. 이 소림이, 이 숭산이, 나아가 불법이 자네에게 무슨 의미인지. 스승인가, 인연인가, 그도 아니라면 정리(情理)인가? 사숙이 자네를 처음 소림의 품에 안고 왔을 때 내게 말하셨지. 천도(天道)를 넘어 인간의 도를 보았다고. 자네의 법명을 법륜이라 명한 것도 스스로가 불도의 진리를 다듬는 구도자가 되기 위해서라고 하셨지. 자네에게 이 소림은… 무슨 의미인가?"

법륜은 아주 오랜만에 스승 무허를 떠올렸다.

주름이 깊게 파인 인자하던 얼굴에 피어오르는 한 줄기 미소를. 자애와 엄격함으로 자신을 길러주던 그 얼굴을. 그래서 알았다. 시간이 얼마나 흐르던, 자신이 어떤 생활을 하던 자신은 소림을 떠날 수 없음을.

"소림은……."

"뭐긴 뭐야, 절간이지. 오랜만이다, 애송이."

"사조!"

반가운 얼굴이다.

법륜은 그 반가운 마음을 숨기지 않았다. 소림에 이르고 싶은 만큼 매일 밤 그려보던 얼굴이 아닌가. 법륜은 방장실 내로 들어서는 무정과 해천을 보며 안도의 한숨을 쉬었다.

"그래, 애송이. 그간 잘 지냈느냐?"

무정은 몇 년간 떨어져 생활한 사람이라는 생각이 들지 않게 친근했다. 반면 해천의 얼굴은 근심에 사로잡혀 있었다.

"해천 공도 오랜만입니다. 그간 많은 일을 해주셨습니다."

"그간 격조했습니다, 주군. 일을 어렵게 만들어 송구할 따름입니다."

해천은 고개를 숙이며 법륜에게 용서를 구했다.

"그것은 너무 걱정하지 않으셔도 됩니다."

법륜은 미소를 지으며 해천을 안심시켰다.

해천은 그런 법륜의 미소에 안심하면서도 가슴속에 남아 있는 한 줄기 불안한 마음을 다잡기가 어려웠다.

"어찌……."

"괜찮습니다. 그 일은 제가 방장과 함께 정리할 터이니 이제 어깨에 진 짐을 내려놓으시지요."

"방장이라면……."

해천은 법륜의 뒤에서 찻잔을 기울이는 각선을 보며 미심쩍은 얼굴로 되물었다. 그는 알고 싶었다. 모든 일은 그가 소림사로 찾아오며 꼬여 버렸다. 정확히는 법륜이 기련마신을 너무 빠른 시일 내에 잡아버리면서 상황이 변했다.

"말 그대롭니다. 태영사는 안전할 겁니다. 그 안의 식솔들도 모두요."

"뜻을 정한 모양이로구나, 애송이."

무정은 확고한 법륜의 대답에 고개를 끄덕였다.

"사내란 모름지기 제 분수를 알아야 하는 법이다. 일파의 종주는 더더욱 그러하다. 제 자신뿐만 아니라 그 문파에 목숨을 바친 모든 이들을 이끌어야 한다."

"그렇습니까?"

"그렇습니까? 네놈, 도대체 무슨 생각인 것이냐? 한 문파의 수장이라는 자리를 설마 그리 쉽게 생각했더냐?"

무정은 잔뜩 찌푸린 얼굴로 마음에 들지 않는다는 듯 법륜을 노려봤다. 법륜은 무정의 얼굴에서 그가 오해하고 있음을 알았지만 굳이 해명하려고 노력하지 않았다.

"그것은 제가 알아서 할 일이겠지요. 사조께서는 신경 쓰시지 않아도 됩니다. 그보다……."

"뭐라?"

무정이 역정을 내려 할 때 법륜은 각선을 바라보고 있었다.

"방장께서는 정확히 내가 어떻게 해주었으면 좋겠소?"

"그것은 법륜이라는 법명을 지닌 승려로서 하는 말인가, 아니면 한 일파의 문주로서 하는 말인가?"

"그것은 중요하지 않소. 답하시오. 내가 어떻게 해주었으면 좋겠소?"

법륜은 각선이 선문답을 시작하자 조금 강경한 어조로 그를 몰아붙였다.

"허허, 이 늙은이를 이리도 핍박하다니 젊은 시주가 너무하는군. 이 노구가 그리 우스워 보였나? 그리고 자네는 아직 내물음에 답하지 않았지. 그래, 그 답부터 해보시게. 그럼 내가답을 내려주지."

각선은 하얗게 센 수염을 쓰다듬으며 번뜩이는 눈으로 법륜에게 말했다. 법륜은 각선의 기세에 지지 않고 맞섰다.

"소림은… 집이었지. 하지만… 이제는 아닙니다."

"후후, 집이었다……. 그리 생각했다면 고맙구먼. 허나 이제부터는 생각을 달리하게. 이제 소림은 자네의 처마가 아닐세. 그 말은 곧 팔파와 세가를 소림의 이름으로 막아줄 수 없음이야."

"그런 것쯤은 알고 있소."

"과연 그럴까? 앞으로 무슨 일이 펼쳐질지 자네는 모르지. 하지만 저기 있는 저 친구는 아는 것 같구먼. 자네가 무엇을 해주었으면 좋겠냐고 물었지? 자네 앞가림부터 하시게. 자네가 진 빚은 그다음에 받지. 그만 나가보게. 쯧쯧."

법륜은 각선이 등을 떠밀자 방장실에서 쫓겨났다. 무정은 급히 법륜을 뒤따라 나가려고 했으나 각선의 제지에 걸음을 멈출 수밖에 없었다. 밖으로 나온 법륜은 각선의 마지막 말에 의구심을 느끼고 해천을 돌아봤다.

"앞가림이라니요?"

"그게… 사실 마인으로 누명을 쓴 자들의 후손들은 태영사에서 데리고 있어보아야 별 이득이 없습니다. 우리는… 소림이 아니니까요. 팔파는 적어도 소림의 면을 보아 나서지 않을 겁니다. 그래서 팔파일방은 달리 신경 쓸 연유가 없습니다. 하지만……."

"세가는 아니다?"

해천은 법륜의 말에 무겁게 고개를 끄덕였다.

"맞습니다. 세가는 우리의 사정을 보지 않을 겁니다. 그래서 소림행을 택했지요. 적어도 그 끈을 맺어두기만 하면 그들은 쉽사리 나서지 않으려 할 테니까요. 허나… 주군과 악연으로 맺어진 곳이라면 다를 겁니다."

"구양세가……."

법륜은 해천의 말에 침음을 흘렸다.

구양세가는 법륜이 강호에 출두한 이래 처음부터 끝까지 악연으로 맺어진 가문이다. 구양백이 실권을 잡고 있었다면 모르지만 세가는 이미 마인 구양선에게 떨어진 상태.

게다가 강호에 나서서 맺은 구양세가의 면면이 모두 구양백의 수족이나 다름없다 보니 구양백이 다시 나서기로 마음먹지 않은 이상 도움을 구할 수도 없으리라.

"일단은… 그 문제는 잠시 뒤로 접어둡시다. 우리가 살펴야 할 것은 구양세가가 아니라 태영사니까요."

법륜과 해천은 장산과 장욱을 데리고 산어귀로 내려왔다.

태영사는 작았다. 이 낡은 사찰은 한 채로 이루어져 있었다. 사찰이라기보다 암자라는 표현에 더 가까워 보였다. 법륜은 오랜만에 과거의 향수를 느꼈다.

"아……."

그가 스승 무허와 함께 살았던 법호당과 비슷한 모양새다.

법호당은 이곳 태영사보다 훨씬 작은 단칸방이나 다름없는 곳이었지만, 그는 그 안에서 소림 무학의 정수를 배웠다. 그때의 향취가, 그 느낌이 고스란히 느껴졌다.

"좋군요. 정말 좋습니다."

"마음에 드신다니 다행이군요. 규모가 너무 작지 않나 싶어 걱정했습니다."

"이 정도면 족히 스물은 머물 수 있지 않겠습니까? 그런데 작다니요."

"허허, 주군께서는 무인이란 족속에 대해서는 알아도 아직 문파에 대해서는 잘 모르시는군요. 자, 저길 둘러보시지요. 건물 안에 한 사람이라도 있습니까?"

"이상합니다. 아무도 없군요."

"무공 때문입니다."

"무공이요?"

"태영사는 여타 문파와는 다릅니다. 모두 다른 무공을 구사하지요. 태영사에 모여든 무인들은 모두 저마다의 성명절기를 가지고 있습니다. 소림처럼 같은 무공을 배우고 서로 도와가며 수련하는 집단과는 다릅니다."

"그렇다면… 여기 모인 모두가 홀로 생활한다는 뜻입니까?"

법륜의 물음에 뒤에서 잠자코 있던 장욱이 앞으로 나섰다.

"그렇지는 않습니다. 저만 해도 백호방에서 함께한 식솔들과 같이 생활하니까요. 다른 이들도 마찬가집니다. 홀로 생활하는 이들이 있는가 하면, 서로 마음이 맞는 이들끼리 지내는 자들도 있습니다."

"장욱의 말이 맞습니다. 서로 함께 수련하며 부족한 부분을 채우는 겁니다. 또 무공의 높낮이를 겨뤄보기도 하지요. 이제 이해가 좀 되셨습니까?"

"그럼… 밖으로 나설 때는 어찌한단 말입니까? 이렇게 분산되어 있으면 정확한 명령 체계를 구축할 수 없지 않습니까?"

"그것도 맞는 말입니다. 그래서……"

해천은 품에서 호각(號角)을 꺼내 들어 힘껏 불었다.

부우우우!

"조금 기다려 보시지요."

호각 소리가 산중에 퍼지고 일각여가 지나자 수풀을 헤치며 일단의 무인들이 모습을 드러냈다. 하나같이 병장기를 품고 있거나 언제든 권을 쳐낼 수 있도록 준비된 무인들이다.

"무슨 일이오?"

무인들 중 나이가 제법 있어 보이는 사내가 앞으로 나서며 물었다. 은연중 무인들의 수장 노릇을 하던 자인지 앞으로 나서며 법륜과 장산을 노려보기까지 했다. 심지어 그의 뒤에서 살기를 뿌리는 자들도 있었다.

"허어, 진공. 그 눈초리는 제법 사납구면. 그리고 그 뒤에도 그만하시게."

"해천, 백호방의 애송이, 그리고 둘은 못 보던 얼굴이오만?"

해천은 진공의 깔보는 듯한 말투에 심사가 뒤틀렸다.

태영사에 모인 이들 중 가장 고강한 무공을 소유한 무인이기에 그간 많은 양보를 했는데, 주인 된 자가 찾아온 마당에 저런 방만한 태도라니, 더는 양보할 수 없었다.

"말을 삼가시게. 그대들의 주인이 왔으니."

"주인?"

해천의 말에 진공의 미간이 꿈틀거렸다.

그가 앞으로 나서자 서릿발 같은 기세가 솟구쳤다. 진공은 허리춤에 찬 도(刀)에 손을 가져다 대며 온몸으로 불만을 표했다.

"자네가 나를 이곳으로 이끌었을 때 내게 한 말이 있지. 모시는 주인이 있다고. 그러면서 내게 자리만 지켜달라고 말한 것 같은데."

해천은 시원한 웃음을 보였다.

"물론. 그런데 거기에 덧붙인 말은 왜 빼먹나?"

"뭐, 그자가 나를 꺾으면 주인으로 모시라는 말? 저 뒤에 있는 애송이가? 이제 솜털이 벗겨진 저 애송이를 주인으로 모시라는 말은 아니겠지?"

"정답일세. 나의 주인이자 자네의 주인이지. 그리고 이곳 태영사의 주인이시기도 하네."

"말도 안 되는 소리!"

진공은 허리춤에 찬 도를 뽑아 법륜과 장산을 향해 겨눴다.

"주인이 되고 싶다? 그렇다면 목숨을 걸라!"

법륜은 해천과 장욱의 뒤에서 상황을 지켜봤다.

모여든 무인의 수는 도합 스물일곱. 그중에는 낯익은 얼굴도 있었다. 백호방에서 온 무인이다. 백호방에서 온 무인 넷은 법륜을 보더니 고개를 끄덕이며 뒤로 물러섰다.

'그럼 스물셋이군.'

"허, 목숨을 걸라고? 그쪽 목이나 간수 잘하는 게 좋을 텐데."

법륜이 숫자를 헤아리고 있을 때 장산이 앞으로 나섰다.

"그만."

법륜은 앞으로 나서려는 장산을 제지했다.

장산과 진공의 경지는 비슷했다. 아니, 미세하게 진공이 우위를 점하고 있었다. 앞으로 내디딘 발의 위치, 겨누고 있는 도의 높이, 그리고 굳건한 무게중심까지. 수많은 실전을 경험하면서 생겨난 그만의 준비 태세로 보였다.

만약 장산이 경험을 쌓고 사고의 전환을 이루어 새로운 경지로 나아간 상황이라면 문제될 것은 없었지만, 지금 맞붙는다면 그는 진공의 손을 들어주게 되리라.

"해천 공이 쓸 만한 놈들을 모았다고 하기에 기대했건만 오합지졸이나 다름없군."

"뭐라? 오합지졸?"

법륜은 해천을 등 뒤로 보내며 앞으로 나섰다.

"이 상황을 보아라. 그대들은 분명 약속을 했겠지. 구파의 시선으로부터 자유를 주겠다고. 그리고 그 약속은 지금까지 잘 지켜져 왔다. 그럼에도 칼을 뽑는다? 오합지졸이 아니라 개보다 못한 놈들이군."

"이놈이 보자 보자 하니까!"

진공의 칼끝이 흔들렸다.

분노에 이성이 마비되며 손을 부들부들 떨고 있었다.

"내가 틀린 말을 했나? 이쪽이 신의를 보였으면 응당 신의로 대하는 것이 마땅하다. 이쪽은 약속을 지키고 그쪽은 지키지 않겠다? 개도 은혜를 아는데, 인간이란 것들이."

법륜은 앞으로 성큼 다가서서 진공이 든 도에 목을 가져다 댔다.

"긴말하지 않겠다. 찌를 수 있다면 찔러보라. 지옥이 뭔지 보게 될 테니."

법륜은 진공의 두 눈을 바라보며 금강령주를 일깨웠다.

순식간에 전신으로 퍼진 기가 삼단전을 일깨우고 운공에 들어갔다. 신안이 열리고 온몸의 근육이 활성화되면서 폭발적인 힘을 쌓았다.

"내가 못 할 줄 아느냐!"

진공은 법륜의 도발에 목젖에 닿은 도를 힘껏 찔러 넣었다

뺀 뒤 뒤로 물러섰다. 어린놈의 도발에 넘어가긴 했지만 그 또한 백전을 경험한 무인. 저런 목숨을 건 도발에는 분명 자신감이 밑바탕이 되어야 한다. 설산도(雪山刀)의 계승자인 진공은 그 사실을 잘 알았다.

무인에게 자신감은 곧 무력(武力)이다.

강호에서 마지막까지 살아남을 수 있게 해주는 원동력은 협의도, 지모도, 귀계도 아니었다. 오직 힘. 힘만이 정의이며 나머지는 모두 개 풀 뜯어 먹는 소리다.

"흐압!"

진공은 법륜의 목을 향해 찔러 넣은 도격의 결과는 확인하지도 않고 연거푸 설산도법을 휘둘렀다. 설산도법은 환도(幻刀)다. 사시사철 눈 덮인 산에서 눈송이가 날리는 모습을 보고 창안된 도법이니만큼 그 변화가 괴의했다.

하지만 그 결과는 참담했다.

"느려."

제 딴에는 빠르게 변화를 주며 휘둘렀다고 생각했는데 어린놈의 손바닥이 얼굴을 가리고 있었다.

터억!

"그리고 어설퍼."

법륜이 진공의 안면을 손으로 잡고 힘을 주자 진공의 막힌 입에서 비명성이 터져 나왔다.

"끄아악!"

"마지막으로… 약해."

법륜은 비명을 지르는 진공의 가슴을 어깨로 받아버렸다. 천공고도 아니었다. 그냥 일반적인 어깨치기였다. 진공이 비명을 지르며 날려갔다. 태영사에 모인 이들 중 최강이라는 자가 이 정도이니 나머지는 안 봐도 뻔했다.

그럼에도 법륜은 한 걸음 앞으로 나서며 송곳니를 드러냈다. 밟을 때 확실하게 밟아야 했다.

"다음."

사위가 적막에 빠졌다.

"왜 아무도 안 나오지? 자신들을 대표하던 자가 쓰러졌는데도 나오지 않는다? 개보다 못한 놈들이란 말도 아깝다."

"당신이 무엇을 안다고!"

"무공이 좀 높다고 사람을 업신여기는가!"

법륜이 한마디를 내뱉자 성토하듯 말이 쏟아져 나왔다.

"그래서 뭐?"

법륜이 무인들 사이로 한 걸음 내딛자 무인들이 뒤로 한 걸음 물러섰다.

"무공이 문제가 아니야. 당신들 꼴을 보라고. 이게… 무인의 자세인가? 그래, 무공. 그 무공 때문일 수도 있겠지. 그렇지만 네놈들은 내가 아는 누군가와 너무도 다르다. 네놈들은 글러

먹었어. 내 눈앞에서 꺼져라."

법륜은 그대로 뒤를 돌아서 태영사 안으로 들어가 버렸다.

"해천 공, 안으로."

해천은 장산과 장욱, 그리고 애초에 싸움에서 물러난 백호 방도들을 데리고 법륜을 따라 들어갔다.

"어쩌시렵니까?"

"모두 내쫓고 싶은 심정입니다."

법륜은 눈살을 찌푸리며 해천에게 토로했다.

처음에 소림으로 향하면서 기대도 많이 했다. 마인들의 후예, 아니, 낙인찍힌 자들의 후예. 자신 또한 그런 자들 중 하나이니 모두가 자신과 비슷할 줄 알았다.

무공은 배우면 된다. 자신이 알고 있는 요결만 몇 가지 건네도 그들의 무공은 일취월장할 것이다. 이미 무공을 다루는 세계 자체가 다른 까닭이다. 하지만 성정(性情)은 다른 문제다. 타고난 본성이야 어쩔 수 없다지만 무인이 적수를 앞에 두고 물러난다? 심지어 그들의 수장이나 다름없는 자가 사경을 헤매는 와중에?

"후우, 허나 그럴 수는 없겠지요."

"맞습니다. 이미 그들은 주목을 받았습니다. 이대로 그들을 내쫓는다면 각 문파의 추격대가 따라붙겠지요."

옆에서 듣고 있던 장산이 말을 꺼냈다.

"그렇다면 고쳐 써야 한다는 말인데… 어떻게 하는 것이 좋겠습니까? 아까 언급하신 그분… 여 대형이겠지요? 저들이 정녕 그분처럼 될 수 있으리라 보십니까?"

"여 대형이라는 분이 누굽니까?"

해천의 물음에 법륜은 굳은 얼굴로 답했다.

법륜의 입은 해천을 향했지만 시선은 그 옆에 서 있는 장욱에게 향했다.

"백호방주이던 여 사숙입니다."

"그분의 끝은 어떠셨습니까?"

장욱은 여립산의 이름이 나오자 고개를 치켜들었다.

여립산은 장욱이 평소 형님처럼 모시던 사람이다. 그는 그 끝을 들을 자격이 충분했다.

"그 이야기는… 백호방의 식솔들이 모두 모이면 하는 것이 좋겠습니다. 여러 번 이야기하기엔 고통스러운 일이니까요. 그보다 고쳐 써야 한다니, 이렇게 해보는 것은 어떻겠습니까?"

세 사람의 귀가 쫑긋했다.

*   *   *

"흐음, 그래서 이렇게?"

섬서성 한중.

어두운 동혈 속, 잘생긴 남자가 한 손에 책을 든 채 검을 휘두르고 있었다. 책에서 한시도 눈을 떼지 않는데 검에서 이는 바람이 예사롭지 않았다. 한참 동안 검을 휘두르던 사내는 짧게 숨을 내뱉었다.

"좋아, 열화철검은 여기까지."

열화철검은 구양세가 최고의 타격대라는 화륜대의 성명절기였다. 강호에 비급이 유출되면 피바람이 불 만큼 고절한 검공이었다. 실례로 화륜대주인 홍균이 외팔이가 되었지만 한 손으로도 엄청난 검공을 구사한다는 소문이 돌지 않던가.

그렇다면 지금 화륜대의 성명절기나 다름없는 무공을 비급으로 보고 있는 사내는 누구란 말인가.

"이건 확실히 좀 어렵군."

잘생긴 사내 구양선은 동혈 속에 앉아 벽곡을 씹었다.

황실의 손아귀에서 구함을 받은 지 벌써 몇 달. 그는 구양세가의 심처에 자리한 폐관수련실에서 대부분의 시간을 보냈다. 그는 화륜대주 홍균의 손에 구함을 받으며 많은 생각을 했다.

'나는 아직도 그놈에 비하면 약해.'

구양선은 법륜에 비하면 너무 약했다.

그는 그 사실을 인정했다. 당연한 일이었다. 한쪽은 어렸을 때부터 소림의 진산절기를 이십 년 가까이 수련한 무승이고, 자신은 무공을 접한 지 고작 몇 해였으니.

확실히 자존심이 상하는 일이었다.

그는 천고의 마공을 지녔다. 순식간에 내력을 쌓고 부상마저 수복하는 희대의 마공이다. 그런 마공을 지니고도 무참히 패했다. 차라리 근소한 차이로 패했다면 납득했을지도 모른다. 그런데 압도적으로 졌다. 그것도 여러 번.

'남환신마공을 더 다듬어야 해.'

구양선은 검을 내려놓고 가부좌를 튼 채 내부를 관조했다.

남환신마공은 그가 인지하고 있지 않아도 스스로 끊임없이 움직였다. 의지를 지닌 채 수련하지 않아도 내공을 쌓는 마공. 무인이라면 누구나 탐낼 만한 신공이었다.

"제기랄!"

하지만 구양선은 그 사실이 마음에 들지 않았다.

내력이 쌓이는 것은 좋다. 하지만 그것도 자신이 운용하고 활용할 수 있는 한도 내에서 쌓여야 한다. 남환신마공은 그 점을 깡그리 무시했다.

구양선은 그때부터 초식에 매달렸다.

구양세가에 존재하는 무공 비급은 전부 찾아봤다. 내력을 최대한 쏟아낼 수 있게 초식을 다듬고 또 다듬었다. 그는 그렇게 하나의 초식을 완성했다.

'구환신마벽.'

절대의 방벽.

그가 이름 붙인 마공 중 최강을 자랑하는 공격 수단이자 방어 수단의 이름이다. 그럼에도 그는 만족할 수 없었다. 이것만으로는 그놈의 공격을 막을 수 없었다.

'한두 번은 가능할 거야. 그런데 그 뒤는?'

속수무책이다.

구양세가를 차지했지만 그는 아직 목말랐다.

더 큰 힘을, 절대의 무공을 손에 쥐고 싶었다. 그래서 어느 누구에게도 고개를 숙이고 무릎을 꿇고 싶지 않았다. 무공에 목말랐다. 그래서 그는 구양세가의 무공에 몰두했다.

화륜대의 열화철검을 시작으로 나머지 사륜대의 무공을 배웠다. 구양세가에서 가장 강력한 무공이라는 조부 구양백의 무공은 배울 수 없었다. 그래서 죽였다. 구양세가의 가주이자 부친인 아버지를. 죽어가는 그에게서 구양산수의 요체를 빼앗았다.

그렇게 배운 무공이다.

아비를 죽여가며 배운 무공이다.

'조금만 기다려라. 내 무공이 완성되는 날, 너를 죽여주마.'

검에서 불꽃이 튀었다.

칠흑처럼 검고 어두운 불꽃이었다.

그가 강호로 나서는 순간 세상은 말하리라. 구양세가에서 마검(魔劍)이 탄생했다고.

        *   *   *

어둠이 짙은 산속.

밤을 알리는 부엉이 소리에 이철경은 흠칫 놀라 몸을 부르르 떨었다. 그날도 오늘과 같았다. 부엉이가 하늘을 날아 쥐를 낚아채듯 아주 당연하다면 당연한 날이었다. 왜였을까. 산속은 이렇듯 평온한데 이철경이 그날의 일을 떠올린 것은.

쉬익—

부엉이가 나무 사이를 날아 숨어 있던 쥐를 낚아챘다.

'그렇지.'

그 모습을 굵은 나뭇가지 위에 누워 지켜보고 있던 이철경은 저도 모르게 속으로 환호성을 내뱉었다. 그날의 기억은 분명 좋은 추억이라 부르기에 무리가 있었으나 날짐승이 먹이를 사냥하는 모습은 퍽이나 호쾌해 호연지기를 불러왔다.

'나는 부엉이야!'

그는 자신이 날짐승과 같다고 생각했다.

자신은 산속의 호랑이 같은 맹수가 될 수 없었다. 호랑이는 더 빠르고 더 강하기 때문이다. 강호에서 절정으로 평가되며 수라장을 거쳐 살아남은 자치곤 스스로에게 꽤 냉혹한 평가였다.

'먹이를 노리는 밤부엉이, 내가 닮아야 할 모습이다. 은밀하고 신속하게.'

이철경은 나뭇가지 위에서 폭이 얇은 검을 꺼내 들었다.

검은빛을 띠는 검은, 빛 한 점 없는 밤중에도 예기(銳氣)를 감추지 않았다. 흑철보검(黑鐵寶劍). 안휘 이가장을 피로 물들인 녀석이다. 이 요물 때문에 가문이 풍비박산이 났다. 그럼에도 이철경은 흑철보검을 버리지 못했다.

보검이라는 명칭에 걸맞게 상당한 예기를 자랑했으니까.

그때부터 이철경의 도망자 생활이 시작됐다. 놈들은 집요했다. 제검십주라 불리는 남궁세가의 하위 문파들. 그들 중 하나인 철검장은 이가장을 마도로 낙인찍고 식솔들을 도륙했다. 그가 밤부엉이처럼 은밀하게 움직이는 처지가 된 것도 그 때문이다.

'모두 이 검 때문이야.'

이가장의 무공은 선이 굵었다.

애초에 검공의 묘리가 중(重)의 묘리를 따르고 있으니 기기묘묘한 변화나 눈속임보다 힘과 속도를 중시해 왔다. 하지만 이철경은 그 무공을 구사하지 못했다. 아니, 할 수 없었다. 도망자 생활을 하도 오래하다 보니 그의 검공은 정공(正攻)보다는 암살자의 무공에 가까워졌다.

그가 몸을 튕겨 땅으로 내려섰다.

이철경은 땅에 내려서 자세를 잡고 검을 휘두르기 시작했다. 빠르고 쾌속했지만 홀로 쌓은 무공은 빈틈투성이였다. 그도 그 사실을 잘 알았다. 그렇기에 이렇게 늦은 시각까지 검을 휘두르지 않는가.

"후우."

이철경이 검을 내리며 호흡을 조절하려는 그 순간.

쒜엑!

하나의 검이 그를 향해 달려들었다.

이철경은 반사적으로 검을 들어 날아오는 검을 막아냈다. 방어에는 성공했지만 검을 잡은 손이 덜덜 떨려왔다. 엄청나게 무거운 검이다. 강맹한 내력이 실렸다는 증거이다.

'검집?'

자신을 노린 것은 검이 아니었다. 검집이었다.

검집은 가볍다. 속이 비었기 때문이다. 이철경은 혼란스러운 눈으로 얼굴을 복면으로 가린 사내를 쳐다봤다.

퍼어억!

순식간에 검집이 몸을 두들겼다.

"커억!"

검집을 든 사내는 무자비했다.

검집은 치명적인 요혈은 피하면서도 인체가 느낄 수 있는 극한의 고통을 선사했다. 이철경은 검집에 두들겨 맞았지만 쓰러지지는 않았다. 검집을 든 사내가 이철경이 쓰러질 때쯤 물러선 까닭이다.

이철경은 바닥에 쓰러진 채 눈동자만 돌려 정체불명의 사내를 바라보았다.

'도대체 누구란 말인가?'

무려 소림이다.

그는 강호를 전전한 이래 이처럼 평온한 나날을 보낸 적이 없었다. 그 누구도 소림의 이름 아래 패악을 부리지 못했으니 간밤의 암습은 정녕 예상치 못한 일이었다. 구파의 이름이란 그처럼 크고도 넓었다.

그런 구파의 이름마저 무시할 정도로 자신이 큰 인물이었던 가? 아니, 흑철보검이 그토록 중요한 물건이었던가? 결단코 아니었다.

'그럼 도대체 왜?'

퍼억!

이철경의 상념은 거기에서 끊겼다.

'나는 그저 쥐새끼였구나.'

검집에 머리를 맞은 그가 쓰러지기 전 마지막으로 한 생각이다.

*   *   *

"모두 잘 다녀왔소?"

법륜은 가부좌를 튼 채 복면을 한 인원을 맞이했다.

검집을 든 사내 장산은 복면을 끌러 내리며 혀를 찼다. 잔혹한 방법이다. 한밤중의 암습자. 정체를 밝히지 않으면서 무자비한 구타를 자행한다.

한두 명이 당한 것이 아니다.

오늘 밤만 해도 한 명당 두세 명씩 맡아 처리했으니까. 자신과 장욱, 그리고 법륜이 나섰으니 제대로 막아서는 이는 단 하나도 없었을 게다.

대략 절반.

태영사에 모인 이들 중 절반이 하룻밤 사이에 암습을 당했다. 그들은 어떤 선택을 할까?

"근데 정말 이 방법이 먹히겠습니까?"

"안 그래도 상관없네. 통할 때까지 두들길 테니까."

장욱은 머리털이 곤두서는 느낌을 받았다.

자신이 저 처지였다면 어땠을까? 이유 모를 암습, 그리고 구타. 그런 날이 하루가 아니라 수십 일 지속된다면 강철 같은 정신을 지닌 자라도 굴복할 수밖에 없을 것이다.

'지독하군.'

장욱은 속내를 감추며 고개를 내저었다.

자신이 저 무리에 속하지 않은 것에 감사하면서.

퍼억!

퍼어억!

구타는 무려 칠 주야 동안 계속되었다.

법륜은 쓰러지는 진공을 보며 혀를 찼다. 이자는 발전이 없었다. 자신이 최고인 줄 알고 날뛰는 망아지 같은 남자이다. 법륜은 칠 주야 동안 똑같은 공력으로 똑같은 공격을 반복했다.

그럼에도 진공은 채 십 초를 막아내지 못했다.

장산과 장욱은 이제 조금씩 버거움을 느끼는 반면에 자신이 상대한 이 진공이란 자는 제자리걸음만 반복했다. 팔목상대라는 말이 무색했다.

"대체… 대체… 왜?"

진공의 몰골은 참담했다.

상처 때문이 아니었다. 두 눈 밑에 깊게 박힌 푸른빛과 푸석푸석한 얼굴, 넝마가 된 옷까지. 칠 주야 내내 잠도 못 자고 식사도 제대로 못 한 채 시달리다 보니 체력이 달리기 시작했다.

밤마다 법륜이 찾아오지 않았다면 그냥 기절해서 푹 자고 싶었다.

"도대체 왜 이러는 겁니까, 사주?"

"호오?"

"뭐요, 그 놀랐다는 표정은? 진짜 모를 거라고 생각했소?"

"응."

법륜은 가볍게 대답하며 복면을 풀었다.

"어떻게 알았지?"

진공은 어처구니없다는 표정을 지었다.

어떻게 모를 수가 있겠는가. 내력을 최대한 감춘다고는 했지만 저 금기(金氣). 자신을 일격에 허물어뜨린 자가 구사하던 무공과 같지 않는가.

"허, 그 줄기줄기 뻗어내는 내력이나 감추고 거짓말을 하시오. 입에 침도 안 바르고 뻔뻔하게."

"그런가?"

법륜은 진공의 투덜거림에 쓰게 웃었다.

그의 말 그대로였다. 그는 애초에 자신을 숨기지 않았으니까. 애초에 그럴 필요조차 없었다. 습격을 한다 한들 목숨을 빼앗지 않으니 그들도 머리가 있다면 누가 자신을 노리고 있는지 충분히 알아챌 만했다.

그래서 그냥 강행했다. 그들도 알아야 하니까. 대체 왜 법륜이 이런 짓을 저지르는지.

"그래서 답은 구했나?"

"물어 뭘 하오. 우리가 굴복할 때까지 두들길 참 아니오?"

"잘 아는군. 그런데도 대답이 짧은 것을 보면 아직 부족한 모양이야."

법륜은 싱긋 웃으며 진공에게 다가섰다.

진공은 바닥에 주저앉은 채로 손을 내저었다.

"안 돼!"

"돼!"

법륜이 진공의 손을 향해 걷어찼다.

진공은 팔을 십자로 교차해 법륜의 발을 막아냈다. 생각보다 약한 각력이다. 마음먹고 걷어찼으면 상반신이 그대로 날려갈 텐데 힘 조절을 하는 것을 보니 적당히 끝맺을 생각처럼 보였다.

"알겠소! 아니, 알겠습니다!"

"뭘 알겠다는 거지?"

"우리가 졌습니다. 당신을 우리 주인으로 인정하겠습니다. 그러니 이제 그만 공격을 멈춰주십시오."

"글쎄, 부족한데. 자네는 몰라도 나머지는 그렇게 생각하지 않을 거야."

"제가 잘 수습하겠습니다. 몸을 추스르고 내일 찾아뵙겠습니다."

"그래?"

법륜은 뒤로 나자빠진 진공을 일견하고 뒤로 물러났다.

"믿기 어려운 말인걸. 이야기를 들어보니 아주 독기를 품었다더군. 좋은 일이지. 무인에게 악에 받친 근성은 반드시 필요한 거니까."

"근성이 다 무슨 소용이란 말이오! 이렇게 두들기기만 해선 휘는 게 아니라 부러질 겁니다!"

"과연 그럴까?"

법륜은 한 걸음 앞으로 나섰다.

요 며칠간 태영사에 모인 무인들은 달라졌다. 법륜이 태영사에 오고 나서 분 바람이다. 그들도 누가 이런 일을 자행하는지 알면서 끝까지 버텼다. 그저 도피처로만 생각한 곳이 실은 엄청난 고수가 무공을 봐주는 수련장이 된 셈이다.

법륜은 날카로운 눈으로 진공을 노려보았다.

"앞으로 많이 바빠질 거야. 앞으로도 지금 같으면 답이 없어. 그대도 알지? 우리는 적이 많아. 구파를 제외하더라도 세가는… 힘들지. 강력하기도 하고……."

"세가요?"

진공이 그게 무슨 말이냐는 듯 입을 열었지만 법륜은 개의치 않고 말을 이었다.

"듣지 못했나? 구양세가의 어떤 놈과 나는 철천지원수 간이다. 첫 싸움은 아마 구양세가가 될 거야. 준비해야지."

"구양세가라니? 우릴 모조리 죽일 작정이오? 그렇다면 차라리 지금 죽이시오!"

법륜은 쓴웃음을 지었다.

저렇게 생각하는 것도 무리는 아니다. 세가는 소림이면 몰라도 태영사 같은 작은 문파가 어찌할 수 없는 상대이다. 법륜이라는 초고수가 있더라도 목숨을 노리는 칼에는 눈이 없는 법이다. 그 칼날 모두를 법륜이 막아줄 수는 없는 법이니까.

"그래도 괜찮아. 앞으로 많이 달라질 테니까. 그리고… 어차피 오늘까지였어."

법륜은 진공의 이마에 손을 튕겼다.

따악!

진공의 의식이 저만치 날아가 버렸다.

*   *   *

법륜은 태영사 한가운데에 서서 모여든 사람들의 면면을 관찰했다. 지난 칠 일간 많이도 당했는지 사람들의 얼굴엔 피곤함이 덕지덕지 묻어 있었다.

"웬일이지?"

법륜은 스스로 사람들의 얼굴에 핏기를 빼놓았음에도 천연덕스럽게 물었다. 그 모습이 너무 자연스러워서 모여든 사람들 중 일부는 그가 진짜 이번 사태의 주범(主犯)임을 의심했다.

"허허, 참으로 가증스럽소이다, 사주."

하지만 진공은 달랐다.

그는 법륜이 태영사에 모인 이들을 상대하면서 유일하게 전력의 일부나마 끌어낸 인물이다. 날이 선 말이었지만 그의 얼굴은 밝았다. 의외로 여기 모인 무인 중 그가 가장 마음이 열려 있었다.

"가증스럽다니, 그게 무슨 말이오?"

법륜이 진공을 향해 툭 내뱉었다.

그의 의도는 명백했다. 이만 숙이고 들어와라. 진공은 태영사의 무인들 중 해천을 제외하고 유일하게 앞으로의 행보를 아는 인물이다. 그가 도와주어야 했다.

그리고 그는 자신의 역할을 분명하게 이해하고 있었다.

법륜을 사주라 부른 것도 일련의 포석이다. 여기에 모인 이들 중 가장 강한 진공이 숙이고 들어갔으니 다른 이들은 결정하기가 한결 수월할 것이다.

"허허, 아무래도 우리가 첫날 보인 인상이 별로였던 모양이구려. 이보게들, 자네들도 겪어봐서 알지? 우리가 지난 며칠간 경험한 것들 말이네."

진공이 주변을 둘러보자 무인들은 애꿎은 땅만 발로 꾹꾹 눌러댔다. 그들도 아는 까닭이다. 아무런 이유 없이 자신들을 핍박한 인사가 누구인지 명백했다.

만약 소림이었다면 백팔나한이 모조리 내려와 강에서 그물 엮듯 잡아 항마동에 처넣었을 테니까.

그런 어색한 분위기를 깨뜨린 것은 다름 아닌 이철경이었다.

그는 허리춤에 찬 흑철보검을 끌러 두 손으로 공손히 들고 무릎을 꿇은 후 법륜에게 내밀었다.

"안휘 선성(宣城) 이가장 출신의 이철경입니다. 강호를 떠돌 던 몸, 새로이 주인 된 분을 만났으니 제가 가진 것 중 가장 가치 있는 것을 바치겠습니다. 부디 받아주십시오."

이철경이 정식으로 주종에 대한 예를 올리자 법륜은 말없 이 검을 받아 들었다. 검은 훌륭했다. 검을 사용하는 검수가 아님에도 흑철보검이 지닌 가치는 충분히 알아볼 수 있었다.

법륜은 검을 꺼내 한번 살펴본 뒤 다시 검집에 넣어 이철경 의 손 위에 올려놓았다.

"안휘 선성 이가장. 제검십주라 불리는 남궁가의 칼에 멸 문. 그곳의 생존자 이철경은 마인으로 낙인찍혀 강호를 전전 했다지. 맞는가?"

법륜의 말이 끝나기가 무섭게 이철경의 두 눈이 부르르 떨 렸다.

"그건……!"

"안다. 사실이 아니겠지. 그들은 그저 보검이 탐났을 게야.

그래서 멸문당했겠지, 이가장은."

"말씀이 지나치시오!"

이철경은 손에 쥔 보검을 세게 쥐었다.

그날의 치욕스러운 감정이 물밀듯 흘러왔다. 그는 도망자였다. 아버지가 손에 쥐여준 검과 전낭에 든 돈 몇 푼으로 도망자처럼 살다가 낭인이 되었다. 법륜은 그런 이철경의 상처를 거침없이 헤집었다.

"지나치지 않다. 이철경이라고 했지. 그대는 무인인가?"

이철경은 법륜의 물음에 쉽사리 답하지 못했다.

'내가 무인이던가?'

무인이었다면 이렇게 무력하게 남궁가의 칼이라는 제검십주의 손에서 도망쳐 구차하게 인생을 살기보단 그 자리에서 죽었을 게다.

'부엉이가 되고 싶다더니, 나는 그저 쥐새끼도 못 될 위인이었구나.'

이철경의 두 눈동자가 거뭇하게 죽었다.

"나는… 무인이 아니외다. 그저 도망자이자 패배자일 뿐이오."

그는 이 사달을 일으킨 법륜을 믿었다.

아니, 그보단 그의 뒤에 떡하니 버티고 서 있는 소림을 믿었다. 이곳에 모인 것도 소림의 행사로만 생각했다. 그리고 보았다. 법륜의 실체를. 그의 신위를.

그래서 소림 대신 그에게 기대고자 했다.

"쓸데없는 상상은 거기까지 하고 말해보게. 복수를 하려면 칼을 잡아야지. 칼을 쥐기를 포기했는가?"

그 말에 이철경은 둔기로 머리를 맞은 듯 멍해졌다.

'누군가에게 기대어서는 안 되었어. 스스로 일어나야 해.'

이철경은 자리에서 일어나 검을 갈무리했다.

"그래, 스스로 결심한 바는 지켜야 하는 법이지. 내가 힘을 주겠다."

그 말에 옆에서 가만히 보고 있던 진공이 슬그머니 앞으로 나섰다. 진공은 수라장을 거쳐 지금까지 살아남은 무인이다. 그 또한 힘을 원했다.

'다만… 칼끝에 겨눈 것이 구양세가라면……'

그는 죽고 싶지 않았다.

지금 태영사의 전력으로 구양세가와 일전을 벌인다면 필패(必敗)다. 아니, 필사(必死)다.

"힘을 주겠다고 하셨지요? 구체적으로 어떤 힘인지 알 수 있겠습니까?"

법륜은 슬그머니 앞으로 나서는 진공을 향해 가볍게 웃었다.

"나는 소림 무학의 전설이자 불존이라 불리신 분의 진전을 이은 자다. 그리고… 끝내는 홀로 선 자이기도 하다. 그런 내가 힘을 줄 수 없으리라 보나?"

진공은 고개를 저었다.

"그런 것이 아닙니다. 소림의 무학… 분명 강력하고 방대하겠지요. 그것을 우리에게 주실 수 있으리란 것도 잘 압니다. 하지만… 시간이 무한정한 것은 아니지요. 제 말이… 틀렸습니까?"

법륜은 진공의 물음에 당연하다는 듯 고개를 끄덕였다.

이들은 알 자격이 있다. 차라리 고마웠다. 법륜이 나서서 공표하기 전에 진공이 나서서 물꼬를 터주었으니까.

"맞아. 나에겐 시간이 별로 없다. 하지만 그리 짧은 시간도 아니지. 그대들은 지금 선택하는 것이 좋을 것이다. 나는… 준비가 되면 구양세가와 싸운다."

"구양세가!"

주변에서 탄성이 터져 나왔다.

구양세가는 천하제일에 가장 가까운 가문이다. 그런 거대세가와 싸움을 하려는 자. 그들의 눈에는 법륜이 그저 미친 사람처럼 보였다.

"우릴 모두 죽이려고 작정했소이까? 소림의 이름값이라면 내 한목숨은 지킬 수 있을 것 같아 따라왔더니만 지옥 불로 걸어 들어온 셈이 아니오!"

이 말을 시작으로 온갖 원성이 쏟아져 나왔다.

자신들을 속였다는 말부터 시작해 해천에 대한 원색적인 비난도 서슴지 않았다. 법륜은 그 모습을 바라보고만 있지 않았다.

"웃기는 소리들을 하는군."

법륜이 앞으로 나서자 사내들이 주춤거리며 물러섰다.

그의 비난에 물러서지 않은 것은 오로지 해천을 비롯해 장산과 장욱, 그리고 백호방도들뿐이었다.

"그대들은 그따위 말을 지껄일 자격이 없어. 그간 소림의 비호 아래 목숨을 부지한 자들이 말이야."

"말이 너무 심하신 것 아닙니까! 무려 팔대세가요! 우리가 무엇 때문에 강호에서 도망쳤는지 알지 않소!"

"알지. 그래서 더 그렇다. 세력이 약해 멸문당하고, 무공이 낮아 쫓기고. 지옥 같은 삶이었겠지. 하지만 나는 약속한 것을 어긴 적이 없다. 그래도 믿지 못하겠다면 소림의 이름은 아니더라도 신승(神僧)의 이름을 믿어라. 그것이라면 어느 정도 믿음이 가겠지."

신승(神僧).

새로운 별호가 그의 입에서 흘러나오자 모두들 숨을 죽였다. 천야차(天野次)라는 별호와는 차원이 다른 명칭이다. 승(僧)이라는 글자 앞에 신(神)이란 글자는 함부로 사용할 수 없는 글자이니까.

그리고 이 두 자는 언제나 소림의 최고 원로에게나 붙던 최고의 영예나 다름없었다.

법륜이 신승이라는 두 글자를 꺼내 들자 태영사에 모인 이들은 다시 한번 깨달았다.

'신승 법륜.'

그는 신승이었다.

단신으로 당가를 봉문에 들게 하고 기련마신을 참했다. 그만한 위업은 아무나 세울 수 있는 게 아니다. 그것이 소림의 원로 승려라고 해도 말이다. 그런데 눈앞의 이 젊은 승려는 해냈다.

그리고 그 사실을 깨달았을 때 그들은 자신들에게 기회가 왔음을 직감했다. 진공과 이철경은 제자리에 한쪽 무릎을 꿇고 앉았다.

"확실하게 말해주십시오. 당신은 정녕 우리에게 힘을 줄 수 있습니까?"

진공의 물음이다.

"물론. 그대들이 원하는 것 이상으로 쥐여줄 수준은 된다."

진공은 수준을 논하는 법륜의 말에 피식 웃음을 터뜨렸다.

호랑이 앞에서 발톱과 이빨을 자랑한 셈이다. 그는 충분히 강했다. 그들이 정확한 수준을 가늠하지 못할 정도로.

"구양세가… 그다음은 어디입니까?"

이철경이 조용히 물었다.

그 힘을 손에 쥔다면 제검십주, 아니, 남궁가와의 일전도 불사할 수 있겠느냐는 물음이다.

"원하는 곳은 어디든지."

법륜의 자신만만한 대답에 무인들은 감탄을 터뜨렸다. 그들은 동시에 같은 생각을 했다.

'목숨을 맡겨보는 것도 괜찮겠구나.'

아니, 맡겨야 했다.

그들의 숙원은 이렇게 마인의 후예로 낙인찍혀 숨어 사는 것이 아니었다. 이들이 원하는 것은 지독한 오명을 벗고 세상 앞에 당당히 서는 것이다. 그리고 그렇게 될 것이다.

눈앞에 선 남자가 그렇게 만들어줄 것이 분명하니까.

그리고 그 시작은 진공이었다.

"이름은 진공. 산동 도정문(刀正門)이라는 문파의 맥을 이었습니다. 스승께선 귀도협(鬼刀俠)이란 별호로 불리셨습니다만, 문파 내 정쟁에 휩쓸려 마인으로 오인받아 사문의 사형제들에게 격살당했습니다. 스승님의 한(恨)을, 제 한을 풀어주실 수 있겠습니까."

법륜은 간단하게 답했다.

"도정문은 그대의 도를 감당해야 할 것이다."

진공은 법륜의 가벼운 한마디에 기묘한 감정을 느꼈다. 언어는 곧 힘이다. 말속에 강력한 믿음이 있고 그 믿음 속에 열망이 있으니 그가 하고자 한다면 그 바람은 곧 이루어지리라.

그다음으로 이철경이 나섰다.

"약속해 주십시오."

"남궁가는 거대한 세력이지. 쉽지 않을 게 분명하다."

법륜은 그런 이철경의 두 눈을 뚫어지게 쳐다봤다.

그 눈빛엔 마치 네가 감당할 수 있겠냐는 듯한 물음이 담겨 있었다.

"그럼에도… 남궁가는 그대의 칼을 피할 수 없을 것이다. 내가 그렇게 만들 테니까."

제이십육장(第二十六章)

세가(世家)

법륜은 해천이 건네는 종이를 하나하나 읽어나갔다.

태영사에 모인 이들은 도합 스물일곱. 많다면 많고 적다면 적은 수다. 그중에 사연 없는 이가 없었다.

"이것은… 문제로군요."

"정확하게 보셨습니다."

법륜은 태영사가 가진 문제점을 꿰뚫어 봤다.

태영사는 소문파다. 문파의 기틀을 다져가는 시점인 것이다. 문파의 기틀을 다지기 위해 가장 먼저 필요한 것은 무공도, 금력도 아니었다. 사람이었다.

사람이 중심이 되어야 한다. 한 사람이 열 사람을 감화시키고, 열 사람이 또 열 사람을 끌어들여 세를 형성한다. 그것이 문파의 기틀을 다지는 초석이다.

"사람이 부족해도 너무 부족하군요."

법륜으로선 처음 겪는 신세계였다.

문파를 유지하기 위해서 신경 써야 할 것이 너무나도 많았다.

한 사람의 무공이 아무리 강해도 수백, 수천을 감당할 수는 없는 법이다. 문파도 마찬가지이다. 혼자서는 아무것도 해결할 수 없었다.

"아무래도… 명문의 후계자들이 많긴 하지만 다 철없을 시절에 쫓기는 삶을 시작하다 보니 많이 부족한 것이 사실입니다. 부족하지 않은 것은 오직… 사주뿐입니다."

맞는 말이었다.

태영사에 부족하지 않은 것은 오직 법륜의 무공뿐이다. 법륜의 무공이 태영사 전부를 감당하고도 남으니 이는 분명 기형적인 형태였다.

"확실히… 이대로는 숙원을 이루기도 전에 다들 목숨을 잃고 말겠습니다."

"어떻게 하시겠습니까?"

"혹독하게 몰아붙여야겠습니다."

법륜은 단호한 어조로 말한 뒤 밖에서 대기하고 있는 장산과 장욱을 불렀다. 장산과 장욱은 법륜의 부름에 한달음에 달려왔다.

"장산, 검을 사용하는 자들을 추려 따로 수련하라. 단, 이철경은 제외한다."

"굳이 그를 제외할 필요가 있겠습니까?"

장산은 법륜의 말에 의문을 제기했다.

이철경이 휘두른 검은 분명 얄팍했지만 빠르고 정확했다. 이가장이 지닌 검술의 원형이 어떤지는 모르겠지만, 그의 검은 분명 강호에서 통하는 것이다. 그것이 암살자의 무공이라고 해도 말이다. 하지만 법륜은 본질을 지적했다.

"그의 검술은 본디 그런 것이 아니었겠지. 그가 현재 구사하고 있는 무공은 살수의 그것이다. 마인이라는 오명을 쓴 자가 살수의 무공을 구사한다? 되레 역풍을 맞지 않으면 다행이다. 그의 무공은 처음부터 뜯어고쳐야 해."

"아!"

장산은 법륜의 말에 느껴지는 바가 있었다.

살수의 무공은 분명 일격필살. 반드시 상대를 상하게 하는 무공이다. 오해를 벗고 정도의 기치가 바로 서기 위해선 장산으로는 역부족이다.

법륜은 이어서 장욱을 돌아봤다.

"그대는 백호방의 식솔들을 책임지도록. 백호방의 무공은 나무랄 데가 없는 정공이다. 다만 전체적으로 수준이 얕으니 개인의 수련보다 집단의 훈련을 우선시하게."

"집단의 훈련이라…… 그것이 어떤 뜻인지 여쭈어도 되겠습니까?"

"연수합격. 백호방이 지닌 무공은 그 자체로 뛰어난 무공이다. 뻗어나갈 길이 무궁무진해. 여 사숙만 보아도 그것은 확실한 사실이다. 하지만 우리에겐 시간이 없어. 짧은 시간 동안 사숙이 도달한 경지에 이른다는 것은 어불성설이다. 그러니 서로 손발을 맞추는 것에 주력하도록 해."

장욱은 법륜의 말에 고무되었다.

백호방이 지닌 무공을 높게 평가해 주니 자부심이 고개를 든 것이다.

"목표는 어느 정도면 되겠습니까?"

"목표는 나. 내가 곤란할 정도로 손발을 맞춘다면 충분하다. 누구도 쉽게 빠져나올 수 없을 거야."

이어지는 법륜의 말에 장욱의 표정이 구겨졌다.

장욱은 법륜이 단신으로 백팔나한을 상대하는 것을 목도한 사람이다. 그 과정은 경이 그 자체였다. 강호의 누가 소림의 백팔나한진을 그렇게 쉽게 물러서게 만들 수 있단 말인가.

"사주, 그것은 불가능하오."

"불가능하지 않다. 절대로."

"하지만… 사주께선 백팔나한진을 무참히 깨뜨리신 분입니다. 소림의 백팔나한으로도 막지 못한 사주를 고작 다섯으로 물러서게 만드는 것은 불가합니다."

법륜은 장욱의 푸념에 웃으며 답했다.

"잘 생각해 보라. 백팔나한진이 진짜 백팔나한진이었는지. 엄밀히 말하면 그것은 진법이 아니었어. 진의 주축이 되는 수호승이 제자리를 지키지 않고 움직였다. 만약 수호승이 굳건히 자리를 지키고 진의 조율에만 몰두했다면? 아마 그렇게 쉽게 진 자체를 무너뜨리지 못했을 것이다."

"그렇습니까."

"처음부터 너무 걱정하지 말고 일단 해보시게. 해천 공께서도 많이 도와주시지요."

"알겠습니다, 사주."

"그리고 이것들을 받게. 뒤처지지 않으려면 더 빠르게 강해져야지. 시간도 부족할 터인데 편법이라도 사용해야 하지 않겠나."

법륜은 풀어놓은 짐에서 서책 두 권과 도(刀) 한 자루를 꺼냈다.

"장산, 낭아감각도다. 전대 낭인왕의 진산절기다. 익히면 그대의 틀을 깨는 데 도움이 될 것이다. 아마 처음 며칠간은 아마 죽고 싶을 정도로 괴로울 거야."

그것은 확실했다.

초절정의 극의에 달한 여립산의 무공으로도 익히기 난해했던 무공. 그의 시신을 수습하면서 품에 지니고 있던 사본을 챙겨온 법륜이다. 장산이 낭아감각도를 몸에 붙이고 사고의 전환을 이루어 새로운 검격을 떨쳐낸다면 여립산 못지않은 고수가 될 것이다.

"장욱, 너무 늦게 전달해 미안하군. 사숙의 유품이다. 받아라."

법륜은 백호도와 백광자전도의 비급을 건넸다.

"백호방의 명맥은 끊어진 것이 아니야. 그대들이 태영사에 몸을 의탁했지만 사숙의 무공은, 유지는 끊어져선 안 돼. 장욱, 네가 익혀라. 익혀서 증명해. 사숙의 무공은 하늘에 닿았었다고."

장욱은 법륜이 건네는 백호도와 비급을 조심스럽게 갈무리했다. 도와 비급을 품은 채 눈을 감자 친형제보다 더 각별하게 모신 여립산의 얼굴이 떠올랐다.

'방주, 내가 할 수 있겠소?'

'할 수 있다. 너는 백호방의 부방주다. 아니, 이제 내가 없으니 방주인 게지. 네가 하지 못한다면 누구도 하지 못할 게다. 너를 믿어라. 그리고 내 도와 무공을 믿어.'

꿈결처럼 지나가는 목소리다.

그의 목소리를 들은 것이 언제였던가. 벌써 몇 년이 지났다. 그런데도 그의 얼굴이나 음성은 똑똑하게 기억났다. 그가 살아 있었다면 아마 자신에게 이렇게 말해줬을 것이다.

"감사합니다. 최선을 다하겠습니다."

법륜을 고개를 끄덕여 보였다.

해천은 묘한 얼굴로 그를 바라보고 있었다. 사별 삼 일이면 괄목상대라. 법륜의 모습이 실로 그러했다. 무공이 아니었다. 법륜의 무공은 이미 차고 넘쳤으니까.

해천이 주목한 것은 법륜의 운영 방침이었다.

무공을 전수하고 수련을 도우라는 명령은 아무나 내릴 수 있다. 무공이 전무한 자신조차 할 수 있는 명령이니까. 하지만 사람 하나하나를 살피고 그 속내를 헤아려 인선을 나누는 것은 멍청한 사람은 할 수 없는 일이다.

무공보다 사람을 다루는 것.

한 문파의 수장이 된다는 것은 그런 것이다.

"감회가 새롭군요."

장산과 장욱이 밖으로 나서고, 해천의 나지막한 목소리가 법륜의 귓가에 울렸다.

"무엇이 말입니까?"

"아주 능숙한 것 같습니다. 아무리 사람이 적고 모두가 한 마음 한뜻으로 사주를 따른다고 해도 사람을 다룬다는 것은 어려운 일이지요."

"제가 한 일은 별게 아닙니다."

법륜이 고개를 내저으며 겸양의 말을 하자 해천은 그의 말을 부정했다.

"그런 것이 아닙니다. 열 길 물속은 알아도 한 길 사람 속은 알기 어렵다는 말이 있답니다. 사람이란 본디 그 속내를 짐작하기 어려운 법이지요. 그래서 서로를 배려하기도 하고 원수처럼 미워하기도 합니다. 하지만… 사주의 그 단정적인 언행과 행동, 사람의 속내를 파악하는 데 스스로 의심의 여지가 없다는 말이겠지요."

"……."

법륜은 해천의 말에 그저 침묵했다.

그가 그토록 쉽게 사람을 부릴 수 있는 원천, 그것은 상단전에 있었다. 상단전을 개방하고 기감이 눈에 띄게 민감해지자 상대의 아주 작은 감정 변화도 귀신같이 알아챌 수 있었다.

"어쨌든 저는 한시름 덜었습니다. 이제 제게도 시간이란 것이 좀 생기겠군요. 허허."

법륜은 해천을 향해 고개를 숙여 보였다.

"그간 정말 고생하셨습니다. 앞으로는 다른 것보다 정보의 수집에 더 신경을 써주십시오. 목표는……."

"구양세가이지요?"

"맞습니다. 실은……."

법륜은 얼마 전 자신을 찾아온 홍균과 그가 건넨 서찰에 대해 이야기했다. 법륜의 이야기를 들은 해천은 놀란 표정을 감추지 못했다.

"전혀 알지 못했던 정보로군요. 구양백 그 늙은이가 그리 되었을 줄은. 아무래도 정보망에 구멍이 생긴 것 같습니다. 다시 한번 확인해 보도록 하지요."

해천은 구양백을 떠올렸다.

그는 지독한 작자였다. 무공도 무공이거니와 성정도 불같아서 과거에 천주신마와 함께 쫓길 때 얼마나 많은 곤욕을 치렀던가. 해천은 소름 끼친다는 얼굴로 양팔을 움켜쥐었다.

"참, 그보다 어찌 구양세가의 여식에게서 서찰이 온 겁니까? 화륜대주야 일면식도 있었을 게고 동행도 하셨으니 이해가 가지만……."

해천은 눈을 가늘게 뜨고 법륜을 쳐다봤다.

그가 알기로 법륜은 여인과는 접점이 전혀 없는 인물이다. 그런 위인이 여인에게 서찰을 받았다? 이건 충분히 의심해 볼 만한 일이었다. 아주 좋은 쪽으로.

"허흠, 그런 것이 아닙니다. 말씀드리지 않았습니까. 도움을 요청하는 서신이었다 이 말입니다."

"저는 아무 말도 안 했습니다."

해천은 법륜을 놀리듯 입을 꾹 다물었다.

법륜은 그런 해천의 농이 낯설어 기가 차다는 표정을 지었다.

＊　　　＊　　　＊

섬서성 한중.

그 어떤 곳보다 구양세가의 입김이 가장 진하게 녹아 있는 곳. 하지만 한중은 현재 무주공산이나 다름없었다. 구양세가가 일 년 전부터 아무런 영향력을 행사하고 있지 않기 때문이다.

구양세가의 하위 문파들은 의문에 빠졌다. 그리고 그들의 의문은 당연한 일이었다. 구양세가는 천하제일세가에 가장 가까운 가문이다. 그런 그들이 숨을 죽이고 일 년이나 활동을 하지 않는다? 구양세가의 속문들은 하나같이 예상했다.

폭풍전야.

그들은 폭풍이 닥쳐오기 전의 고요함이 한중을 뒤덮었다고 느꼈다.

"이대로는 안 되겠소."

구양세가의 속문 중 하나로 구양세가가 사용하는 자금의 일 할을 담당하는 금영방(金永房)의 방주 여대의는 방의 핵심 인사들을 모아놓고 일장연설을 시작했다.

"우리 금영방이 구양세가에 지불하는 비용은 결코 작은 액수가 아니오. 하지만 저들은 일 년이나 침묵하고 있소. 내 피 같은 돈이 어떻게 쓰이고 있는지 반드시 알아야겠소."

여대의의 역정은 타당했기에 방의 중추를 맡고 있는 인사들은 아무런 말도 할 수 없었다. 그들이 몇 번이고 구양세가에 서신을 전달했지만 답이 오지 않았기 때문이다. 게다가 푸대접도 그런 푸대접이 없었다.

구양세가는 문을 걸어 잠근 채 단 한 발자국도 안으로 들이지 않았다. 금영방은 커다란 선박을 여러 채 보유한 거대상단이다. 다루는 품목이 한정되어 있어 천하삼대상단(天下三大商團)에 들지는 못했지만 적어도 한중의 상권만큼은 그들의 손아귀에 있다고 해도 과언이 아니었다.

"그러면 어찌하시겠습니까?"

금영방의 행수 중 하나가 묻자 여대의는 침묵했다.

방도가 마땅치 않았다. 구양세가와 금영방은 군신의 관계에 가까웠다. 서로 상부상조(相扶相助)라는 말을 사용하며 예의를 차리지만 그것은 부정할 수 없는 사실이다. 때문에 금영방도 큰 규모의 상행이 있을 때는 꼭 구양세가의 지원을 받지 않던가.

"그대들은 마땅한 방도가 없는가?"

"……."

여대의는 행수들이 듣지 못하게 작은 한숨을 내쉬었다.

언젠가 선친이 자신에게 금영방을 물려주며 한 말이 생각났다.

"상단은 장사를 하는 곳이다. 물건과 돈에 집착해야지 다른 것에 관심을 두었다간 큰 화를 입을 게다. 그 점을 명심해라."

'아버지, 그때 하신 말씀이 이런 뜻이었습니까.'

여대의는 의자에 축 늘어진 채 눈을 감아버렸다.

여대의는 금영방을 물려받으면서 부친과는 다른 노선을 걸었다. 가장 먼저 한 일은 구양세가에 선을 댄 일이다. 구양세가를 상징하는 깃발을 내걸면 어중이떠중이 도적들은 물론이고 녹림칠십이채의 녹림도도 그들을 꺼렸다.

금영방은 남들이 상상할 수 없는 속도로 커졌다.

구양세가를 등에 업은 채 남들이 일(一)의 수익을 낼 때 십(十)의 수익을 냈다. 금영방이 나날이 커져가자 여대의는 세가의 지원을 받아 무인들을 양성했다. 그것이 지금의 금영방으로, 상단과 무파 사이에서 아슬아슬한 줄타기를 하고 있는 곳의 실체였다.

"그래도 어쩔 수 없군. 이 건은 반드시 따져야 할 일이네."

"세가에서 다른 의도로 보지 않겠습니까?"

행수 여문기.

그는 여대의의 아들이자 세가에서 정식으로 무공을 배운 무인이기도 했다. 여문기는 금영방의 사람답지 않게 세가의 편을 들었다. 세가에서 몇 년간 무공을 배우더니 완전 구양세가의 식솔이 다 되어 돌아왔다.

"그만!"

여대의는 여문기의 말을 막았다.

상단 행수들이 가장 고민하는 문제. 그것은 구양세가의 보복이었다. 그들이 할 수 있는 일은 많았다. 상행에 필요한 무인의 지원을 끊거나 한중의 상단 기반을 아예 들어낼 수도 있었다. 아니, 심지어 구양세가가 그들이 가진 것을 모조리 빼앗아 버린다면 그야말로 끝이었다.

"이번 일은 내가 직접 알아보겠다. 더는 왈가왈부하지 말라. 그리고 문기, 내가 없는 동안 금영방을 잘 이끌어라. 행수들은 문기를 잘 보필하고. 지금은 중요한 시기다. 한 번의 삐걱거림이 공든 탑을 무너뜨릴 수도 있음이야."

여문기는 그런 아버지를 보며 눈을 가늘게 떴다.

좋지 않았다. 금영방은 날이 갈수록 커져갔다. 크기가 커지면 내실을 다져야 하는데 이미 금영방 전력의 반절 이상은 구양세가가 담당하고 있었다.

그는 다음 대 방주로 내정된 자. 게다가 구양세가의 절기마저 배운 무인이다. 그만큼 구양세가의 입지와 상황, 금영방이 처한 처지를 잘 아는 사람은 없을 것이라 자부했다.

그는 밖에서 호위를 서고 있는 무인에게 급하게 전음을 날렸다. 남들은 방주인 부친의 호위 무사로 알고 있지만 실제로는 몇 년 전부터 공들인 자신의 수족이다.

[무인들을 이끌고 아버지를 미행해. 표식을 남겨라. 금세 쫓아가마.]

'아버지, 이제 아버지의 시대는 저물었습니다. 제가 모든 것을 이어받아야겠어요.'

여대의는 여문기가 독니를 숨기고 그를 물어뜯을 준비를 하는 것도 모른 채 그대로 회의실을 나섰다.

등 뒤에서 웅성거림이 커져갔다. 여대의는 걸음을 옮기며 품속에 손을 넣어 작은 패를 만지작거렸다. 그가 가진 최후의 보루였다.

'염 대협.'

그의 걸음이 빨라졌다.

*   *   *

여대의가 한 사람을 떠올린 그 무렵.

그 한 사람은 부복을 한 채 명을 기다리고 있었다. 침상 위에 가부좌를 튼 노인은 충직한 사내를 기꺼운 눈으로 바라봤다. 벌써 그와 함께한 세월이 얼마이던가. 십오 년이 넘는 시간 동안 자신 한 사람만을 바라보며 충성을 바쳐온 남자이다.

"포 아야."

노인 구양백은 조심스럽게 그의 이름을 불렀다.

'포'라고 부르는 그의 입술도 어색하기는 마찬가지였다. 언제나 그를 지칭하는 단어는 '염 대주'였으니까. 부복한 사내 염포는 감격스러운 얼굴로 푹 숙인 고개를 들었다.

"네, 주군."

"허허, 아직도 주군이더냐?"

"제게는 언제나 단 하나뿐인 주군이십니다."

구양백은 헛기침을 하며 자리에서 일어났다.

애초에 그의 충성심이 부담스러워 거리를 뒀던 것인데, 그는 자신이 마음을 고쳐먹어도 여전히 그대로다. 부끄러운 마음이 들었다.

"그래, 시간이 얼마나 흘렀지?"

"그때로부터… 일 년입니다."

"일 년이라……. 참으로 오랜 세월을 미혹에 빠져 살았구나."

구양백은 하얗게 센 수염을 쓰다듬으며 자리에서 움직였다. 오랜 시간 사용하지 않은 육체가 삐걱거렸다. 막대한 양강의 내공으로 노화를 억눌렀지만 세월은 속일 수 없는 법이다.

내력의 힘이 깊어져 가는 만큼 육신의 힘은 약해져 갔다.

"그래, 이제 정리할 때가 되었지. 화륜대주는 어디에 있나?"

"홍 대주는 가내에 있습니다. 그는… 검귀(劍鬼)가 다 되었습니다."

"지고당주는?"

"그의 행방은 알 수 없습니다. 아마… 이공자가……."

"그만. 거기까지 함세. 이제 잘못된 것들을 바로잡아야 하지 않겠나. 남은 이야기는 그다음에 하세."

구양선이 세가 내에 든 지 벌써 일 년.

일 년간 너무나 많은 일이 있었다. 자신은 상처를 입고 유폐되었으며, 아들이자 세가의 가주인 구양금은 자식이 저지른 패륜에 목숨을 잃었다. 본래 소가주이던 구양비는 가문을 떠나 행방이 묘연한 상태이다.

세가의 근간이나 다름없는 오륜대(五輪隊)는 와해되었고, 속문들과의 관계는 처참하게 끊어져 나갔다. 이제는 되돌려야 할 때였다.

"그 친구가 정말 큰일을 했군."

구양백의 나지막한 독백에 염포는 눈을 빛냈다.

구양백이 이야기한 친구, 그는 새로운 전설을 써 내려가고 있는 사람이었다. 몇 개월 전, 기련마신을 격살한 뒤 소림으로 돌아가 백팔나한진마저 무참히 뭉개고 태영사라는 문파의 개파(開派)를 선언한 희대의 기린아.

"신승 말씀이시군요."

"그래, 그 친구. 그저 싹이 보이는 놈이라고만 생각했는데, 언제나 상상 그 이상을 보여주었지."

"그는……."

염포는 뒷말을 삼켜냈다.

그를 표현할 만한 말이 떠오르지 않았다. 처음 보았을 때부터 그는 비범했다. 홍균에게 쫓길 때 자신을 막아서며 거침없는 질주를 시작한 그를 떠올리자 몸이 부르르 떨려왔다.

'얼마나 성장했을까?'

그는 처음부터 자신이 닿을 수 없는 인물이었다.

그런 그가 십대마존이라는 큰 산을 넘고 거인이 되었다. 염포는 감히 그 경지를 상상할 수 없었다. 구양백 또한 염포의 생각을 읽었는지 동의해 왔다.

"그래, 표현할 말이 생각나지 않겠지. 그는 그런 사람이었어. 하나를 보았다 생각하면 드러나지 않은 열이 있는 사람이었지."

"맞습니다. 그보다 이제 시작하실 참입니까?"

"그래야겠지."

구양백은 마음을 굳게 먹었다.

그는 홍균이 전한 법륜의 전언을 들을 때부터 지금과 같은 상황을 염두에 두었다. 손자인 구양선을 처단하기로. 자신이 가진 연민이 아집임을 알았을 때, 그리고 그 아집으로 너무도 많은 사람이 고통받았다는 것을 알았을 때부터 그는 이 순간을 기다려 왔다.

"그럼 준비하겠습니다."

염포가 읍을 하며 물러나려고 할 때다.

하늘 위로 새빨간 불꽃이 피어올랐다. 신호탄이다.

"저건……."

구양백은 붉게 빛나는 불빛을 보았다.

그가 모르래야 모를 수가 없는 불꽃이었다. 저 불꽃은 구양 세가가 사용하는 연락용 신호탄이었으니까. 구양백은 염포를 돌아봤다. 저 불꽃의 의미를 아느냐는 눈빛이다. 정확히는 누가 저 불꽃을 사용했는지 아는지에 대한 물음이었다.

"속문 중 하나일 겁니다. 가능성으로 보자면… 금영방이 유력하겠군요."

구양백 또한 고개를 끄덕이며 동의했다.

이곳은 한중에서 그리 멀리 떨어지지 않은 곳. 강을 끼고 있는 이곳은 분명 금영방의 영역이다. 그리고 금영방은 구양 세가의 부재에 가장 큰 타격을 받은 곳이다. 상행을 하지 못하면서 금전적인 부분에서 많은 손해를 보았을 테니까.

"여 방주라면 충분히 이해할 만하군. 접선지가 어디였지?"

"포구 뒤쪽에 있는 야트막한 산입니다. 혹시 직접 가시렵니까?"

염포는 굳이 그럴 필요가 없다며 구양백을 만류했다.

하나 구양백은 요지부동이었다. 이미 가문에 복귀하기로 마음을 굳힌 상태였기에 속문에 대한 처사도 중요하다고 생각했다. 특히나 구양세가처럼 거대한 집단은 많은 속문을 거느린 까닭에 그 여파가 더 클 것이 자명했다.

"이는 모두 내 잘못일세. 내가 잘못을 바로잡고 소가주를 찾을 때까지 가문을 맡기로 했으니 금영방의 일도 내가 처리해야 할 일 중 하날세. 그러니 날 말릴 생각은 말고 해야 할 일을 하시게."

구양백은 염포를 일견하고 자리를 떴다.

오랜만에 펼쳐보는 초풍보가 발끝에 불꽃을 일으켰다. 염포는 멀어지는 구양백을 바라보며 다시 한번 예를 올렸다.

"부디… 뜻대로 이루어지길."

멈춰 있던 수레바퀴가 굴러가는 지금 이 순간, 무림에 폭풍을 일으킬 태영사도 기지개를 펴기 시작했다.

*　　　　　*　　　　　*

법륜은 태영사 앞을 서성였다.

지옥 같은 수련을 진행한 지 삼 개월이 지났다. 중구난방이던 무인들은 하나의 명칭으로 통일됐다.

야차(夜叉).

제일 야차 장산부터 마지막 제이십구 야차인 문우까지. 법륜은 가장 먼저 무공의 재정립부터 시작했다. 법륜은 야차들이 사용하는 무공이 제각기 달랐기에 서로를 인정하지 못하고 섞이지 못한다고 생각했다.

그래서 자신이 가진 무공인 법륜구절 중 내공심법을 제외한 여덟 개의 무공을 하나로 엮었다. 법륜은 각 무공의 일 초식만을 따와 전체적인 수준을 낮추고 운기법을 소상하게 가르쳤다.

그렇게 만들어진 무공, 정련팔식(精鍊八式).

정련팔식은 살상력보다 육신과 내기의 조화, 유연함과 탄력성을 기르는 데 주력한 단련법이다. 흡사 무당파의 태극권처럼 진기도인법이 없다면 건강 체조로 오해할 만한 무공이었다.

야차들은 정련팔식에 몰두했다.

법륜은 혹독하게 몰아붙였다. 비교적 무공이 높은 장산과 장욱, 진공, 이철경도 예외가 아니었다. 정련팔식이 굳이 필요 없는 네 사람은 법륜을 상대로 사 대 일의 연수합격을 해내야만 했다.

그리고 그 결과가 곧 보일 예정이다.

'나무 위에 여덟, 전방 수풀 뒤에 넷, 좌측과 우측에 각각 셋씩, 남은 아홉은 어디에 있지?'

법륜은 태영사를 그냥 거닐고 있는 것이 아니었다.

모든 것이 시험이었다. 법륜을 상대로 한 시험. 시험관인 법륜은 무려 스물아홉 명을 상대해야 했다. 그럼에도 법륜의 눈동자는 흔들리지 않았다.

'느껴지지 않는다면 끌어내면 되겠지.'

법륜은 신안을 사용하지 않았다.

신안은 두 눈으로 기의 흐름을 보여준다. 단순하게 상대방을 죽이는 싸움이었다면 망설임 없이 사용했겠지만 지금은 야차들의 무공이 어느 수준까지 왔는지 시험하는 장이다.

게다가 야차들이 배운 무공인 정련팔식 또한 자신이 엮은 무공. 또한 저들이 본래 지니고 있던 무공도 법륜이 다듬어주다 보니 약점도 명확하게 보였다.

신안을 사용하지 않은 이유는 그래서였다.

'간다!'

법륜은 일말의 예고도 없이 나무 위로 들이닥쳤다.

법륜이 궁신탄영의 수로 몸을 튕기자 나무 위에 있던 복면을 쓴 야차들이 분분히 일어나 무공을 펼쳐왔다.

'없다?'

법륜은 자신을 향해 몰려오는 무공을 바라보며 눈을 가늘게 떴다. 그가 생각한 자가 있어야 할 곳에 없었다. 신안을 펼친다면 모르겠지만 적어도 나무 위에서는 그의 기감이 느껴지지 않았다.

"재밌군."

법륜은 금강령주에 잠들어 있는 기운 중 절반을 꺼내 들었다. 오늘이 수련의 마지막 날인 만큼 확실히 보여줄 생각이다. 금기가 몸을 둘러싸자 법륜은 거침없이 목을 향해 내지르는 칼날을 손가락으로 튕겨냈다.

타앙!

복면으로 얼굴을 가렸음에도 당황한 눈빛이 역력했다.

법륜은 가볍게 발을 차올렸다. 자연스럽게 금빛 내력이 일어나며 유형화된 각기(脚氣)를 뿌렸다.

파아앙!

가벼운 발길질에 공기가 찢어지는 소리가 들리자 검을 내지른 야차 곁으로 두 명이 더 내려섰다. 세 명의 야차는 서로 눈빛을 교환하며 앞으로 달렸다. 가장 앞에 선 자가 검을 상단에서 하단으로 내리그었다.

그 뒤로 다른 한 명이 검을 휘둘렀다.

찌이익!

법륜이 내지른 각법이 무위로 돌아가자 검을 휘두른 둘이 물러섰다. 법륜은 그 모습을 보며 미소를 짓다가 당황한 표정을 보였다. 공격을 막아낸 두 명의 뒤에서 처음 검을 내지른 야차가 몸을 날려 검을 찔러 넣은 탓이다.

법륜은 인정했다.

이들이 스스로 목숨을 지키게끔 하기 위해 무공을 가르치고 연수합격을 강조했다. 무공이 높아도 방심하면 죽는 곳이 강호다. 그러니 개죽음당하지 말고 합격진을 펼치라고, 수치라고 생각하는 순간 죽은 목숨이라고 말이다.

'합격점이군.'

삼 인이 펼치는 연수합격은 확실히 아름답다고 할 수 있을 만큼 훌륭했다. 법륜이 내지른 각법은 본인의 입장에선 가벼웠지만 받아내는 이들이 느끼기엔 달랐다. 찰나의 순간에 유형화된 기가 코앞에 닿아 있다면 그 공격을 쉽게 막아낼 수 있는 자들이 얼마나 되겠는가.

"좋아, 셋은 합격. 하지만 여기까지."

법륜은 세 명이 보지 못하게 손가락을 튕겨 지풍을 날렸다. 세 줄기의 지력이 야차들의 마혈을 짚었다. 마혈이 짚이자 검을 쳐내려 하던 세 명의 몸이 딱딱하게 굳었다.

법륜은 세 사람을 등진 채 다시 사냥을 시작했다.

나무 위에 있던 나머지 다섯 명 또한 법륜이 만족할 만한 모습을 보여주었다.

다섯 명 중 넷이 사방을 점한 채 법륜을 견제했다. 서로가 서로를 보완하며 공격을 막아냈다. 법륜이 힘을 더 끌어 올리지 않았다면 틈을 찾을 수 없을 정도로 완벽한 방어였다.

그런 방어진 사이로 다른 한 명은 검을 겨눈 채 기회가 될 때마다 검을 찔러 넣었다.

'백호방이로군.'

이처럼 손발이 잘 맞는 이들은 태영사에서 백호방도뿐이었다. 완벽에 가까운 방어를 해내는 넷은 백호방도, 검을 찔러 넣는 것은 이십구 번째 야차 문우 같았다. 세검은 그가 즐겨 사용하는 무기였으니까.

"좋아, 여기도 합격."

법륜이 야차능공제의 신법으로 순식간에 접근하자 공격을 방어하기 위해 네 명이 한 몸처럼 움직였다. 법륜은 그 틈을 노렸다. 법륜은 발을 굴러 공중제비를 돌았다.

그러자 기회를 노린 채 검을 찔러 넣을 준비를 하던 문우가 다급한 목소리로 외쳤다.

"뒤!"

"늦었어."

법륜은 자신을 등진 채 서 있는 네 명의 마혈을 연속으로 타격했다.

타타타타탁!

네 명이 그 자리에서 그대로 굳었다.

빈틈을 노리던 문우는 법륜을 향해 달렸다. 굳어 있는 네 명 사이로 교묘하게 검을 찔러 넣었다. 법륜은 그 검을 잡아 채 품속으로 쭉 당겼다. 검을 쥔 문우가 딸려오자 법륜은 손바닥을 들어 가볍게 문우의 이마를 쳤다.

따악!

문우는 그대로 기절했다.

법륜이 쓰러진 문우를 나뭇가지 위에 걸었다. 그리고 그때 수풀에서 네 개 경력이 법륜의 발목을 노리고 날아들었다.

"이건 좋지 않군."

법륜은 그대로 발을 굴러 경력을 피해낸 뒤 수풀로 내려섰다.

"암습은 일부러 가르치지 않았는데."

법륜이 혀를 차자 움찔하는 모습이 보였다.

"뭐, 그래도 좋다. 목숨이 걸린 상황에서 정도를 따르는 무인이라고 암습을 하지 말라는 법은 없으니. 대신 앞으로 당당해져라. 암습 따위를 펼치지 않아도 당당히 맞설 수 있게."

법륜은 그 말을 마친 뒤 암습을 가한 야차 넷을 하나씩 쓰러뜨렸다.

"이제 남은 것은 열일곱인가. 많기도 하군. 빨리 끝내야겠어."

법륜은 다시 한번 능공제의 신법으로 좌측과 우측의 수풀을 습격했다. 빠르게 끝내겠다고 마음먹자 지금까지 펼친 것과는 차원이 다른 위력의 무공이 뿜어져 나왔다.

일 수에 한 명씩. 법륜은 차례차례 여덟 명을 제압했다.

"나머지는 어디에 있나."

법륜이 기감을 확장시키자 다섯의 기척이 드러났다. 그들은 법륜이 처음 펼친 기감의 범위에서 벗어나 있었다. 다섯은 법륜이 자신들을 정확하게 바라보자 소름이 돋았다.

법륜과 자신들이 떨어진 거리는 무려 오십 장이 넘었다. 아무것도 없는 평지였다면 백여 장 밖의 사람도 보이는 것이 사실이나 이곳은 깊은 산속이다. 수풀이 우거지고 나무가 무성한 곳이다.

그런 장소에서 오십 장을 넘어 상대를 정확하게 직시한다는 것은 자신들이 서 있는 위치가 발각되었다는 것과 일맥상통한다. 다섯은 위치가 드러나자마자 달리기 시작했다. 마지막 작전을 위해서였다.

다섯은 그대로 몸을 드러낸 채 법륜을 향해 나아갔다. 법륜은 속으로 저들이 포기했다고 생각하고 그 자리에 서서 기다렸다. 이윽고 다섯이 도달해 차례차례 무공을 난사하자 법륜은 하나둘 그들을 무력화시켰다.

바로 그때 법륜은 위기감을 느꼈다.

퍼어어억!

땅이 갈라지며 네 개의 신형이 모습을 드러냈다.

그들은 복면을 하지 않았다.

'땅속에 숨어 있었군.'

법륜은 기가 찼다.

어쩐지 기감에 잡히지 않는다 했더니 허를 찔러도 제대로 찔렸다. 법륜은 요요히 빛나는 검은색 보검을 휘두르는 이철경을 향해 장력을 내뿜었다.

이철경의 검은 쾌속했다. 강호를 전전하며 살수의 살검을 익혔다더니 과연 지금까지의 공격과는 궤를 달리하는 은밀함이 숨어 있었다. 이철경이 법륜을 향해 검을 찔러 넣음과 동시에 장욱과 진공이 도집에 잠겨 있던 도를 거칠게 뽑아냈다.

'빠르다!'

쾌속의 발도술이 법륜의 목과 허리를 노리고 날아들었다.

법륜은 장력을 뻗은 채로 다리를 튕겨 공중에서 회전했다. 두 자루의 도가 아슬아슬하게 법륜의 몸을 스치고 지나갔다. 그리고 마지막으로 공중에 떠 있는 법륜을 향해 장산의 거검이 떨어져 내렸다.

법륜은 허공에서 천근추의 수법으로 빠르게 땅을 디뎠다. 그러곤 양손바닥을 합장해 장산의 거검을 받아냈다. 그의 등 뒤로 다시 한번 이철경의 검이 쏘아졌다.

"제법!"

법륜은 합장해 잡아낸 검을 몸으로 당겼다. 장산이 끌려가지 않기 위해 안간힘을 썼다. 법륜의 몸에서 다시 한번 금기가 터져 나왔다. 그러자 장산이 포기했다는 듯 검을 놓고 주먹을 날렸다.

야차구도살을 분해해 만든 정련팔식의 일 초식이다.

법륜은 거검의 검신을 두 손으로 잡은 채 뒤로 던졌다. 이철경이 깜짝 놀라 거검을 쳐낸 뒤 자신의 검을 장산을 향해 던졌다. 주먹을 날리던 장산이 검을 잡아 내리긋자 장욱과 진공도 도를 떨쳐왔다. 법륜이 피할 방도가 없어 보였다.

부화아아악!

네 사람이 회심의 일격이 성공했다는 희열감에 물들었을 때 상황이 반전했다. 법륜의 몸에서 지금까지와는 다른 막대한 금기가 터져 나오며 하나의 막을 이루어냈다.

"호신강기(護身罡氣)다! 뒤로 물러서!"

장산이 놀라 외쳤지만 너무 늦었다.

진공과 장욱, 이철경은 병장기를 쥔 손에 힘을 더했다. 그 순간 도검(刀劍)이 튕겨나면서 불광벽파의 여력이 몸을 덮쳤다.

"커윽!"

"컥!"

거친 신음과 함께 세 사람의 몸이 동시에 허공을 유영했다. 법륜이 힘을 조절해 셋을 밀어낸 결과였다. 장산은 고통에 물든 세 사람의 얼굴을 보며 마음을 다잡았다.

'어차피 정해진 결과였지.'

애초에 이들은 법륜을 이길 생각 따윈 하지 않았다. 다만 보여주고 싶었을 뿐이다. 자신들이 보낸 지옥 같던 삼 개월이 그들에게 어떤 의미였는지.

'이렇게 무력하게 물러날 생각 따위 해본 적이 없어.'

장산은 이철경이 던져준 흑철보검을 쥔 채 다음 일격을 준비했다. 그의 검은 일격필살의 검격. 다음이 없는 검법이다. 법륜은 그 점을 지적했다. 만약에 그의 검을 수월하게 받아낼 수 있는 이가 있다면 당하는 것은 자신일 것이라며 말이다.

"보여 드리겠습니다."

장산은 나직하게 읊조리며 한 손으로 검을 가볍게 쥐었다. 지금까지와는 다른 검도다. 검마라 불리던 장요의 빛살 같은 연환검이 장산의 손에서 재현되었다.

장산의 검은 확실히 달라져 있었다.

법륜은 검마라 불리던 장요의 검을 직접 본 적은 없었다. 하지만 그의 검을 보았다면 분명히 이렇게 말했으리라. 당신의 손자인 장산의 검은 이제 당신의 검 못지않다고.

법륜은 불광벽파를 유지한 채 뒤로 한 걸음씩 물러섰다.

결연한 각오가 돋보이는 장산의 얼굴에 어울려 주기로 마음먹은 것이다. 법륜은 한 수, 한 수 검격을 직접 받아냈다. 심지어는 신안마저 일으킨 채 그의 검이 흐르는 경로를 파악하고 일부러 빈틈을 보여 검이 뻗어나갈 틈을 만들어주기도 했다.

'좋아!'

장산은 무아지경에 빠져 검을 휘둘렀다.

눈앞에 누가 서 있는지, 지금이 어떤 상황인지도 잊은 채 검을 휘두르자 답답하게 막혀 있던 검로가 보이는 것 같았다.

'사고의 전환.'

법륜이 말한 길이 이것임을 장산은 직감했다.

사고의 전환이란 아주 간단하면서도 어려운 일이다. 누군가의 말 한마디에 단숨에 깨달음을 얻는 경우도 있는 반면에, 장산처럼 꽉 막힌 사람은 몇 날 며칠을 고민해도 이룰 수 없는 것이 있는 법이다.

장산은 전자였다.

그는 감각이 있었다. 천부적인 재지까지는 아니더라도 홀로 수련해 절정의 끝자락에 이를 정도로 무공에 대한 감이 좋았다. 거기다 멈추지 않는 노력까지. 그는 충분히 무인다운 무인이라 칭할 수 있는 남자였다.

'더 빠르게! 더 부드럽게!'

장산은 무아지경이 되어 검을 휘둘렀다.

검에 실린 힘이 강력해지고 빨라졌다. 그러면서도 자연스럽게 유(柔)의 묘리를 찾아 담아내는 모습은 가히 놀라울 정도였다.

'된다. 검이 흐르고 있어.'

장산은 검이 흐르고 있음을 깨달았다.

그 사실을 인지하자마자 자신이 처한 상황이 어떤 상황인지, 그리고 법륜이 자신을 위해 어떤 배려를 해주었는지에 대해 명확하게 알았다. 검을 받아주는 사람이 법륜임을 알았으니 장산은 거리낄 것이 없었다.

'더, 더 봐야 해.'

장산은 검을 휘두르는 와중에 법륜의 눈빛을 보았다.

그는 아직 만족하지 못했다. 법륜은 강한 사람이다. 무공도 무공이거니와 그 성정 또한 부러질지언정 결코 굽히지 않는 사람이다. 그런 그가 원하고 있었다.

"크아압!"

장산은 기합을 내지르며 검을 세차게 떨쳤다.

장산은 감각을 활짝 열었다. 그에겐 아직 미지의 영역인 감각도(感覺道)의 세계가 열렸다. 생경한 감각들이 몸을 지배했다. 장산은 감각도의 세계가 주는 기존과는 다른 감각에 몸을 맡겼다.

'보인다.'

장산은 법륜이 펼쳐놓은 기(氣)의 세계를 유영했다.

법륜은 정말 빈틈이 없었다. 불광벽파로 감싼 몸은 철옹성 그 자체였다. 도저히 틈을 노리고 검을 찔러 넣을 공간이 없었다.

'그래도 간다.'

장산은 대견하다는 눈으로 자신을 바라보는 법륜을 향해

검을 내질렀다. 다시 한번 연환의 검이 펼쳐졌다. 지금까지의 장산의 검이 아니었다. 그는 이미 검마 장요가 밟은 검의 길을 고스란히 재현해 내고 있었다.

'찢어져라!'

장산은 있는 힘껏 검을 휘둘렀다.

종횡으로 휘둘러진 흑철보검이 법륜의 불광벽파에 닿았다. 법륜은 그 모습을 보며 이제 충분하다는 느낌을 받았다. 이 이상 나아가면 몸이 상한다. 완숙되지 못한 무공은 적보다 무서운 법이니까.

게다가 그의 검은 분명히 닿았다.

장산의 검이 불광벽파의 귀퉁이를 가르고 지나가자 법륜은 크게 소리쳤다.

"그만!"

장산은 법륜의 고함을 들었는지, 아니면 듣지 못했는지 계속해서 검을 휘둘러 왔다. 법륜이 그의 눈을 보니 이미 무아지경에 빠진 듯 정신이 없어 보였다.

'심각하군.'

법륜은 장산의 상태를 바로 알아보았다.

그의 육신은 현재 정신에 완벽한 지배를 받고 있었다. 더 검을 휘둘러야 다음 경지에 도달할 수 있다는 육감과 법륜에게 인정을 받아야 한다는 욕구가 전신을 지배하고 있으리라.

'곤란해.'

법륜은 쓴웃음을 지었다.

말은 하지 않았어도 그 또한 상당한 부담감을 느끼고 있었다. 팔대세가를 상대한다는 일은 그런 일이다. 그중에서도 천하제일세가를 자처하는 구양세가는 자신뿐 아니라 태영사에 몸담은 모든 이에게 엄청난 부담감을 심어줬으리라.

'일단은 이 친구부터 추슬러야겠군.'

완벽하게 깨닫지 못한 검술을 완성되지 않은 몸으로 무리하게 펼쳐낼수록 안 좋은 여파는 더더욱 커질 것이다. 법륜은 계속해서 장산의 검에 베어지는 불광벽파의 호신지기를 수습했다.

일렁이던 금기가 수그러들며 장산의 검이 허공을 베고 지나갔다. 법륜은 뒤로 물러서며 장산의 손에 들린 흑철보검을 응시했다.

'상단으로. 그래, 그렇게.'

상단에 모인 금강령주의 진기가 활발하게 움직였다.

금기가 백회혈에 가득 차더니 그 문을 열고 밖으로 몸을 일으켰다. 눈에 띄는 변화는 없었지만 법륜은 확신했다. 상단을 이용한 새로운 형태의 무공이 장산의 검을 확실하게 붙잡아둘 수 있으리라는 것을.

'무형기(無形氣).'

무형기는 말 그대로 실체가 없는 기운의 형상이다.

그는 강호에 나서기 이전부터 몇 번이고 무형기를 느껴보았다. 무허를 통해서, 그리고 무정을 통해서 여러 차례 경험했다. 그리고 강호에서 초절에 이른 무공을 구사하는 무인들과의 비무를 통해 그 실체에 더 근접해 갔다. 그리고 결론을 내렸다.

'무형기는 단순히 기세만 끌어 올린다고 끝이 아니야.'

다만 법륜이 정의 내린 무형기와 여타 무인들이 사용하는 무형기에는 큰 차이점이 있었다.

'그것은 의지의 유무.'

법륜은 강호에서 떠드는 의기상인이나 의형발인이 모두 여기에 속한다고 판단했다. 그래서 반대로 생각했다. 무형기를 일으켜 상대방을 다치게 하고 상하게 할 수 있다면 반대로 사람을 보듬고 살릴 수도 있지 않겠는가 하고.

법륜은 상단전을 두드리며 강력하게 염원했다.

장산의 검을 멈추라고. 그러자 놀라운 변화가 일어났다. 장산의 검이 일순간 멎더니 그의 몸이 그대로 굳어버렸다.

'다시 처음으로.'

법륜은 다시 한번 무형기를 움직였다.

그러자 장산의 검이 부드러운 호선을 그리며 지금까지 뻗어낸 검격을 자연스럽게 이끌어냈다.

"됐다."

장산은 자신의 의지에 반하여 검이 멈췄다가 다시 검로를 그려내자 기이한 기분에 빠져들었다. 불안한 마음이 들었다. 산속에서 홀로 무공을 연마할 때 가장 많이 들은 주의점이 주화입마이지 않는가. 그러나 그의 눈동자 속에 한 사람이 보이자 그는 안심했다.

'주군.'

그는 알 수 없는 현상에 자연스럽게 몸을 맡겼다.

아니, 몸은 맡긴 채 정신은 또렷이 세웠다. 얼음장 같은 물에 세수를 한 듯 상쾌한 기분이 들었다. 그러자 새로운 세계가 펼쳐지기 시작했다.

'아, 여기선 이렇게 검로를 그려야 여지가 생기는구나! 그래야 나도 상대방도 서로 다음을 노릴 수 있어!'

놀라웠다.

검로(劍路)란 검이 흐르는 길이다. 그래서 검로를 올바르게 그리는 것이 중요했다. 각각의 검법은 추구하는 바가 뚜렷하기 때문이다. 담겨 있는 묘리에 따라 추구하는 검로도 달라진다. 쉽게 말해 올바른 검로란 무인이 익힌 검법이 가져야 할 가장 이상적인 모습이란 뜻이다.

그래서 장산은 법륜의 이런 행각이 경이적인 일이라고 생각했다. 법륜은 장산에게 이상적인 검로를 보여주었다. 그 말은 곧 법륜이 장산이 가진 검법의 요체를 전부 꿰고 있다는 말과 같았다. 마침내 장산이 든 흑철보검이 땅에 박히자 법륜은 거친 숨을 내뱉었다.

"후우, 이건 상당히 힘들군."

법륜은 이마에 맺힌 땀을 닦으며 장산에게 다가섰다.

장산이 그 자리에서 허물어졌다. 한계 이상의 힘을 끌어다 쓴 탓이다. 법륜은 장산의 몸이 땅에 닿기 전에 받아냈다. 그러곤 손짓해 주변에서 지켜보고 있던 이들을 한자리에 모았다.

"오늘 수고가 많았다. 보름 뒤 우리는 한중으로 간다. 그리고 그 일이 끝나면 그대들의 숙원이 하나씩 이루어질 것이다. 그때까지 최대한 몸을 달궈놓아라. 그럼 쉬도록."

법륜은 말을 마친 뒤 돌아섰다.

품에 안긴 장산의 기혈이 들끓고 있었다. 빨리 제자리를 찾아주지 않으면 상당 시간 고생할 것이 틀림없었다. 법륜이 장산을 어깨에 걸친 채 태영사 내부로 들어가자 공터에 모여 있던 나머지 인원은 조용히 자리를 잡았다.

어느 누구 하나 자리를 뜰 생각이 없어 보였다.

"대형은 괜찮겠지요?"

야차 중 가장 어린 문우가 걱정스러운 얼굴로 중얼거리자 근처에 있던 진공이 피식 웃음을 터뜨렸다.

"마지막에 보지 못했나?"

"무엇 말입니까?"

진공은 기가 찬다는 듯 혀를 끌끌 찼다.

"나는 평생 살면서 저런 신기(神技)를 본 적이 없어. 어떻게 했는지 짐작도 가지 않네만… 언뜻 보기에는 내력으로 길을 인도하는 듯 보였다."

"내력으로… 길을요?"

문우가 재차 묻자 진공은 차분히 설명을 시작했다.

"다시 말하지만 어떤 방법인지는 알 수 없었다. 하지만 대형… 의 검은 불안했어. 그것도 상당히. 갓 새로운 경지에 발을 들여놓은 것 같았다."

"제가 보기엔 무척 능숙해 보였습니다만……."

"그게 문제라는 거다. 자네들도 명심해. 번데기 앞에서 주름 잡는 격이지만 충고 하나 함세. 무공을 몸에 붙인다는 것은 단순히 깨달음이나 하나 얻었다고 해서 끝이 아닐세. 그 깨달음을 몸에 녹이는 각고의 시간과 노력이 필요해."

"이(二)형, 그 말은 깨달음에 집착하지 말란 말이오?"

장욱이 옆에서 가만히 듣다 묻자 진공은 고개를 저었다.

"그런 뜻은 아니야. 무공을 높이려면 깨달아야지. 내가 뭘 가졌는지, 또 어떻게 써야 할지를. 내가 절정의 끝자락에서 초절정에 이르지 못하고 있는 것은 분명 깨달음 때문일세. 하지만 이번의 경우는 다르지. 대형의 경지는 불안했네만… 주군께서 억지로 인도하셨네."

"억지로?"

"주군께서?"

주변의 웅성거림이 커지자 진공은 야차들을 진정시켰다.

인정하긴 싫었으나 장산은 멋진 사내였다. 무공도 자신보다 뛰어났다. 그래서 자신보다 어린 친구를 대형으로 모셨다. 혹여 밖의 소란이 장산의 상세에 영향을 줄까 저어했다.

"진정들 하고 천천히 얘기해 보지. 밖에 소란이 영향을 줄 수 있으니 조용히들 하고. 그저 짐작일 뿐이지만 내가 보기에… 대형은 깨어나면 이전과는 천지 차이일 게야. 주군께서 기회를 주신 것 같더군. 아마… 초절정에 들지 않았을까 싶네."

"초절… 읍!"

진공은 놀라서 탄성을 터뜨리려는 문우의 입을 틀어막았다. 문우가 손사래를 치며 진정했다는 표정을 짓자 진공이 손을 뗐다.

"자네들도 무공을 익히고 있으니 알겠지. 돌파구 하나를 찾으면 그 길로 나아가야만 한다는 것을. 그렇게 벽을 넘고 또 넘다 보면 하나의 전체적인 윤곽이 드러난다는 것을. '아, 내 무공이 이렇구나!' 하고 말일세."

진공이 동의를 구하자 주변에서 다들 고개를 끄덕였다.

"문제는 시간일세. 그렇게 하나의 큰 그림을 그려놓고 살을 덧붙이는 데 많은 시간이 걸리지. 그건 세월이라고 불러도 좋을 정도로 긴 시간이야. 그런데 주군께서는 그 과정을 십분지 일로 단축시켜 준 것이나 다름없다네."

진공의 이야기가 계속될수록 야차들의 얼굴엔 놀라움만이 가득했다. 말도 되지 않는 이야기라 생각했다. 깨달음을 유도해 낸다는 것은 결코 쉽지 않은 일이다. 쉽지 않다는 것을 떠나 불가능에 가까운 일이다. 이들의 경악은 법륜이 모습을 드러내자 사라졌다. 아니, 감추어졌다.

"진공, 그대의 말이 맞다."

언제 나왔는지 법륜은 태연한 신색으로 야차들을 바라보고 있었다. 법륜의 말에 밖에서 대기하고 있던 야차들은 탄성을 터뜨렸다.

"주군!"

"사주!"

법륜은 그런 그들을 돌아보며 웃었다.

"진공의 말은 반은 맞았고 반은 틀렸다. 궁금한가?"

"궁금합니다. 도대체 어떻게 된 일입니까?"

가장 먼저 사견을 제시한 진공이 물었다. 법륜은 모두를 보며 그가 지금껏 깨달은 바를 똑똑히 말했다.

"깨달음은 한순간에 온다. 하지만 그것을 몸에 붙이는 것은 확실히 다른 문제지. 그것은 진공의 말이 맞다. 장산 또한 온전하게 깨달음을 수습하려면 오랜 시간이 걸리겠지. 그게 맞는 말이었다."

"그렇다면 틀렸다는 말은……?"

"반면에 나는 장산의 깨달음을 억지로 유도한 적이 없다. 그런 적도 없고, 그럴 능력도 안 된다. 장산은 준비가 되어 있었다. 언제고 계기만 주어진다면 앞으로 치고 나갈 수 있는 바탕이 마련되어 있었지. 그는 물꼬를 트고 앞으로 나아갔고 나는 그 물길을 바로잡아 준 것뿐이야. 조금 더 멀리 볼 수 있게."

"결국에는 그 말이 그 말이지 않습니까? 남들은 태반을 놓치는 깨달음을 붙잡았고 온전히 수습했다는 말 아닙니까?"

진공이 의문이 섞인 말투로 묻자 법륜은 빙그레 웃었다.

"그래서 반은 맞고 반은 틀린 것이다. 그대는 장산이 깨달은 것을 몸에 붙이는 데 시간이 얼마나 걸릴 것이라 생각하는가?"

"아마 상당히 빠른 시일이지 않겠습니까?"

"그런가. 그렇게 생각하는군. 모두가 그렇게 생각하는 모양이지?"

그러자 공터에 모인 야차들이 고개를 끄덕였다.

"나는 반대로 생각한다. 장산은 지금 수준에선 붙잡기 힘든 것을 얻었어. 그 완벽함을 온전히 자신의 것으로 하지 않는 이상… 다음은 넘볼 수 없지. 그 시간은 아주 오래 걸릴 게야."

"그런……"

진공은 법륜이 말하고자 하는 바가 무엇인지 알았다.

아주 간단했다. 절정 초입의 무인이 초절정고수나 얻을 법한 무리를 깨달았다. 절정의 무인이 그 무리를 완벽하게 재현해 내는 데 얼마나 걸릴까와 같은 문제다.

'육신도, 내력의 총량도, 그에 따른 진기의 수발도 모두 부족하구나. 그 모든 것을 채우고 나아간다? 일조일석에 이룰 만한 일이 아니야.'

"하지만 그 길이 외롭지도, 두렵지도 않을 것이다. 그는 검로가 뻗어나가는 길을 보았고, 그곳으로 끊임없이 검을 휘두르기만 하면 되니까. 시간이 오래 걸려도 결국엔 도달할 수 있는 검로. 어떤가, 자네는?"

"저… 말입니까?"

"그래. 그대도 오랜 시간 답보 상태이지 않은가. 내가 보기엔 그대도 충분히 쌓았다. 벽에 구멍 하나 내주면 빠르게 치고 올라가겠지? 어때, 원하는가?"

"저는… 거절하겠습니다."

"이유는?"

"제 도의 끝은 제가 정하고 싶습니다. 설령 원하는 경지에 도달하지 못한다고 해도 제 도(刀), 제 도법입니다. 말씀은 감사하지만… 거절하겠습니다, 사주."

진공의 심각한 표정을 본 법륜은 흡족하게 웃었다.

처음 진공을 봤을 때 그는 아집에 사로잡혀 있었다. 자신의 무공이 천하제일을 다툴 만한 무공이란 생각은 하지 않았지만, 갈고닦는다면 누구에게도 지지 않을 것이란 생각을 했다. 그리고 그 말이 맞았다.

하지만 진공은 중요한 사실을 하나 간과했다. 깨달음이란 것은 쇠붙이 하나에만 의존한다고 해서 찾아오는 것이 아니라는 것을.

그는 주변의 모든 것을 하찮은 것으로 치부했다. 태영사에 모인 이들도 모두 아랫사람으로 생각했으며 교류하지 않았다. 그래서 그의 도(刀)는 독선적이었다. 하지만 석 달이 지난 지금 그는 완벽하게 달라져 있었다.

"좋은 얼굴이군. 이제 앞으로 나아가도 되겠어."

"예?"

진공이 잘 못 들었다는 표정으로 되묻자 법륜은 걸음을 옮기며 천천히 되뇌었다.

"무엇일까. 무엇이 사람을 변하게 하는가. 정(情)인가, 열등감인가, 그도 아니면 욕망인가. 참으로 어려운 문제지."

"그게 무슨……."

법륜은 잔잔한 미소와 함께 진공을 보며 입을 열었다.

"되돌아보게. 그대에게도 길이 보일 것 같으니."

＊　　　　＊　　　　＊

초로의 노인이 몸을 날려 높은 담장을 넘었다.

그 담장의 주인이 누구인지 알았다면 경악을 금치 못했으리라. 구양세가. 섬서 남부의 지배자인 구양세가라면 모두가 고개를 끄덕일 것이다. 감히 팔대세가 중 하나를 털 간 큰 도둑은 없을 테니까.

하지만 담을 넘는 노인이 누구인지 안다면 다시 한번 절로 고개를 끄덕이리라. 태양신군 구양백. 세가의 전대 주인이자 모든 가인(家人) 위에 군림하고 있는 남자이기 때문이다.

노인 구양백은 연거푸 담을 넘었다.

'이런 기분도 오랜만이군.'

언제나 왕처럼 군림하던 구양백이다.

젊은 시절부터 세가의 소가주로서의 지위를 공고히 했고, 천부의 재지로 불혹의 나이에 이르러서는 가내에 그의 적수가 없었다. 그런 그가 언제 이렇게 쥐새끼처럼 담을 넘어봤겠는가. 하지만 그에게도 월담의 기억이 분명히 있었다.

'부친 몰래 기루에 가기 위해 몰래 월담한 것이 이리 도움이 되다니, 세상 오래 살고 볼 일일세. 끌끌.'

구양백은 여러 개의 담장을 뛰어넘어 커다란 공터가 있는 곳에 도달했다. 담장 위에 앉아 공터를 바라보니 그곳엔 한 남자가 사력을 다해 검을 휘두르고 있었다. 새빨간 불길을 머금은 검은 마치 생사대적을 앞에 둔 것처럼 거칠기 그지없었다.

"후욱, 후욱!"

남자가 고개를 들자 일그러진 얼굴이 드러났다.

구양백은 사력을 다해 검을 휘두르는 홍균을 멈춰 세웠다. 벌써부터 저렇게 힘을 빼면 언제 곤란했다.

"검귀(劍鬼)가 되었다더니 오히려 그 말이 부족한 감이 있군, 홍 대주."

홍균은 고개도 돌리지 않은 채 구양백을 맞이했다.

"드디어 오신 겁니까. 오래도 걸리셨습니다."

"너무 늦어 미안하군. 그보다 벽을 넘어섰군. 너무 늦은 것 같지만 축하하네."

홍균의 입매가 꿈틀거렸다.

"축하받을 만한 일은 아닌 것 같습니다. 저는 이 힘으로 아무것도 하지 못했습니다. 그는… 고작 몇 개월 전이지만 저보다 강했죠. 지금의 태상으로도 감당하기 어려울지 모릅니다."

"그 아이가……?"

"이제 그는 더 이상 태상의 보호를 받을 만한 어린아이가 아닙니다. 그것을 확실히 인지하고 계셔야 합니다. 그는… 마인입니다."

"마인이라……."

구양백은 그 말에 동의했다.

처음부터 이런 생각을 가지고 있었다면 오늘과 같은 비극은 없었을지도 모른다.

'내 너무 안일했구나.'

마인 구양선은 죄 없는 사람들의 목숨을 빼앗았다. 거기다 제 자신을 세상에 있게 해준 아버지마저 죽였다. 그리고 그 어떤 오명에도 자신을 감싸주던 조부마저 무참히 베려 했다.

"내 눈에 미혹이 끼어 있었음을 인정하지. 그는 이 세상에 더는 두고 볼 수 없는 마종이다. 내 이 두 손으로 그 아이를 처단할 것을 약속하지. 내 목을 내놓더라도… 반드시 베겠네."

"그리만 된다면 다행이겠지요."

"허허, 비꼬는 겐가? 그럴 일은 없으니… 너무 걱정 말게."

구양백은 그 말을 끝으로 돌아섰다.

가문의 비지에 들어서기 위해선 준비가 필요했다. 가문의 비지는 세가 내에 있었지만 강력한 진법과 기관으로 보호받고 있었다. 그 전체를 통제하는 중심부가 비지 내에 있으니 구양선이 기관을 발동시킨다면 낭패를 볼 것이 분명했다.

"나는… 준비를 좀 하러 가지. 창고로 가서 가져올 물건들이 좀 있네. 도와주겠는가?"

"화약을 사용하실 생각입니까?"

"그렇다네."

"……."

"왜? 내가 화약을 사용한다고 해서 실망했는가?"

구양백은 홍균을 향해 너털웃음을 터뜨렸다.

핏줄로 이어진 손자는 강력했다. 게다가 염포에게 듣기론 비지 내에 숨어들어 몇 달째 폐관을 거듭하고 있다고 들었다. 그동안 그의 마공이 또 어떻게 변했을지 모를 일이다.

"그러니 화약을 사용해도 별문제는 없겠지. 성장했다면 뛰쳐나와서 내 앞에 설 것이고 그렇지 않다면… 그곳에서 죽겠지."

구양백은 그 말을 끝으로 아무런 말도 없이 담을 넘어 사라졌다. 홍균은 비틀린 입매로 떠나가는 구양백을 응시했다.

"그리 쉽겠습니까, 태상."

그는 회의적이었다.

무인은 조석에 완성되지 않는다. 그저 그런 삼류무인이라면 모르겠다. 큰 사람, 시대를 아우르는 무인은 그리 쉽게 만들어지지 않는다. 그에게 구양백은 그런 사람이었다. 적어도 그가 구양선을 만나기 이전까지는.

'내가 지금의 무공으로 과거의 태상을 만났다면 어땠을까.'

그는 장담했다.

초절정의 무공을 가지고서도 구양백을 넘어설 수 없음을.

'지금은……'

달랐다.

구양백은 이미 한번 무너졌다. 그가 지닌 무공의 강력함이야 나무랄 데가 없겠지만, 그의 견고하던 마음은, 정신은 이미 한번 무너져 내렸다. 그런 구양백과 싸운다면 홍균은 필승을 자신했다.

'왼팔 하나, 그리고 장기간 요양을 요하는 부상 정도.'

상처 입고, 잘리고, 찢어지더라도 그는 구양백을 죽일 자신이 있었다. 만약에, 아주 만약에 그가 구양선을 참하지 못한다면…….

"…그때는 내 검이 그의 목을 가를 것입니다. 내 목이 잘리는 한이 있더라도."

구양백은 홍균의 중얼거림을 듣지 못했다.

하지만 상관없었다. 이제 이곳에 모인 이들 전부가 알게 될 테니까. 구양백이 위인지, 아니면 세가 내에 숨어든 마인이 위인지 말이다.

"일단… 나도 준비를 좀 해볼까."

홍균은 그때까지 손에 쥐고 있던 땀에 젖은 검을 회수했다. 구양백이 화약을 준비하고 비지에 설치하기까진 생각보다 꽤 오랜 시간이 걸리리라. 적어도 사흘. 홍균이 예상한 시간이다.

'화약은… 조금 위험하겠군.'

화약이 폭발물이라 위험한 것이 아니다.

화약은 전쟁 물자다. 구양세가의 한복판에서 대량의 화약을 터뜨린다면 역모로 몰릴 수도 있었다. 그러자면 최대한 사람이 없는 것이 좋았다. 보는 눈이 적어야 말이 적게 새어나갈 테니까.

"주변 정리를 좀 해야겠어."

홍균은 괴물의 목을 벨 준비를 시작했다. 또 다른 괴물이 이곳으로 오는 줄도 모르고.

『불영야차』 6권에 계속…